庫

37-201-1

たいした問題じゃないが

――イギリス・コラム傑作選――

行方昭夫編訳

岩波

岩波書店

目次

1　ガードナー

Alfred George Gardiner

1865—1946

配送されなかった手紙

今朝、ジャケットのポケットから古い手紙の束を取り出した。探している書類があったからだが、そこにはなかった。でも驚きはしなかった。ポケットに探しているものがなくても、決して驚かない。長い経験で、自分が探しているもの、あるいは当然そこにあるべきものが、ポケットに見つかるとは期待しない。その一方、ポケットの中で、要《い》らないものを見つけることが多い。無くしたいのに、それを拒むもの、どうでもいいもの、厄介なもの、古い請求書、消えた手紙の封筒、もう用のない事柄についてのメモなどが見つかる。時には、ぎょっとするようなものが見つかる。そして突然狼狽《ろうばい》した時しか出さぬような叫び声をあげて跳《と》びあがってしまう。

実は、今朝がそうだった。必要な書類はなかったのだが、二週間前に書き、封筒に入れ、住所を書いて、切手を貼ったのだが投函しなかった二通の手紙を見つけたのだ。一通はどうでもよかったが、もう一方は大事な手紙だった。ある重要な件について私から連絡があると予期している人宛のもので、その返事を私は待っていたのだ。どうして返事がないのかと不思議に思っていたのだ。数日前にクラブで彼が私に会ったとき、どうも私を避けているようだったのも不可解だった。出した手紙には、彼が不快がるところは何もなかった筈《はず》なので、理解できなかった。その訳が今になって分かった。彼は、当然私から貰うべき手紙を受け取ってないので困惑し、その返事がないので私も困惑していたのだ。すべて手紙を投函しなかった私のせいだった。

このささやかな事件に、苦労の多い人生行路で経験する行き違いの実例が見られる。よくある例をあげよう。Aが、Bと通りを歩きながら、自分にとって非常に関心の深いことについて語っている。その時Cが二人の側を通る。AはCをよく知っているので、普段なら愛想よく挨拶するのだが、Bとの話に夢中だったので、Cの存在を漠然と意識しただけで、何だか別世界で会ったような気分で挨拶せずに通りすぎる。Aには失礼だとか、つんと澄ましたという意識は全くなかったので、まさかCを怒らせたとは気付かない。事実、Cに会ったのを忘れたくらい会話に熱中していたのだ。しかしCは誇り高い男で、侮辱されたと思い勝ちな性格であり、侮辱には断固として仕返しするような男だった。Aがその次にCと出会ったとき、Cはつんと澄まして変な態度を取った。Aはどうしたのかと訝《いぶか》ったが、それならこちらもというので、今度機会があったら、冷ややかにしようと決心する。こうしてAとCは敵意と疎遠の態度を相互にとることになるが、どちらか一方が一瞬でも率直に気持を説明すれば誤解は解けたところであった。

他人の行動について不快に感じた場合、その多くは、こちらが想像するような動機から生じたものではないのだ。オセロウがデズデモーナを絞め殺すのはハンカチについての誤解からだが、もし夫婦が五分間静かに話し合えば、誤解は解けて、その結果、悪漢のイアーゴウにとって悲惨な結果を招いたであろう。事実についての自分の解釈を疑ってみるのはよい習慣であり、また、他者の動機についての自分の解釈を疑ってみるのはもっとよい習慣である。十中八、九間違っているものだ。私の場合はこうだ。これこれの人が、これやあれをした理由についての私の解釈は、よく分かってみると、ひどい勘違いだったと判明しなかった例は殆ど記憶にない。それは当然なのかもしれない。例えば、クラブで私を避けたあのまっとうな男は、私が彼に対して意図的に無礼なことをしたのでない、とどうして分かろうか？　彼は私が彼宛に書いた親切な手紙を二週間私のポケットの底に入れていたのを知らないのだ。本人の私でも知らなかったのだ。でもその事実を知ることが、彼に対する私の態度の正しい理解にとって必須である。彼はオセロウ風に私を無礼な奴だと誤解したまま、枕で窒息させたかもしれないのだ。でもそれは間違いだ。私は、ただ大事な手紙をポケットというような当てにならない場所に入れた不注意な男に過ぎない。

こういうことの教訓は、ある勇敢な女性——彼女の名は最近誰でも知っている名前になったが——がかつて私に言った言葉に集約される。「私はね、誤解が解明されぬままにほっておかないわよ。もし友人が私を見ても知らん顔をして避けたら、その理由を聞くの。大抵はそんな理由は実際は存在しないのよ。友人の行為が理解できなかったら、説明を求めるわね。それで誤解が晴れる場合が多いわ」と彼女が言った。よいやり方だ。プライドが高すぎて、自分が説明したり、他人に説明を求めたりするのを嫌うことさえなければ、この世の誤解の大部分は解けるだろうし、誤解と一緒に我々の不要な心配も殆どすべて消えるだろう。

ところで、私はさっきの手紙を遅れた説明文を添えて投函した。それで私の紆余曲折《うよきょくせつ》のある人生行路上の誤解が一つ取り除かれるであろう。

(On an Unposted Letter)

男と時計

先日の新聞に出ていた男と時計についての話を読んで、自分もやりかねないと思った人が大勢いると思う。彼が駅に向かって急いでいるとき、時計を忘れたことに気付いた。そこで、ポケットから時計を出して、家に時計を取りに帰る時間の余裕があるかどうか調べた。その後どうなったか、私は詳らかにしないのだが、こう想像する。急いで帰宅、室内に押入り、寝室に飛び込み、枕の下を探るが、ないので家族を煩わせる。その時、幼い娘が「パパのポケットにあるわ」と言う。そしてもちろん彼は汽車に乗り遅れる。

だれでもこの種のことをした経験があると思う。長年国会議員をやっていた生真面目で責任感ある人物が、こんな話をしてくれた。ある晩寝室に上がっていって、夜会服に着替えようとした。服を脱いでいる時、時計のネジを巻くという習慣があったので、ネジを巻いて枕の下に入れ――ベッドに入った。幸い眠り込む前に、寝室に来たのは就寝のために脱ぐのでなく、食事に出るので着替えるためだったと思い出した。

私も似たような勘違いをしばらく前にした。誰もが知っているように、オックスフォード・サーカスには地下で繋がっている地下鉄への入口が二つある。一方の入口でどこかに行く電車に乗るためエレベーターで降り、地下道を歩き、エレベーターまで来た。多くの人が乗り込んでいた。私は何かで頭が一杯だったらしい。エレベーターに乗り込む群集について行く癖があったから、そのまま地上に行くエレベーターに乗り込んだ。集札係は忙しくて私の切符をよく見なかったので、地上の通りに出てしまい、そこで初めて失敗に気付いた。この種の間違いをしたことがある人は、他にもいそうなので、こんな白状をした。われわれの大抵の行動は歩いたり息をついたり、食物を咀嚼したりするときのように、無意識的にする。あまりにも身についてしまっているので、いちいち考えたりしない。自分が手を貸さずとも、きちんとなされているのだ。

夜戸締りして電気を消すのがあなたの習慣なら、それを機械的にしている。居間のドアをロックし、階段の下まできて、急に意識して、「あれ、居間の明かりを消したかな?」と自問し、戻ってみたとすると、為すべきことがちゃんと為されていると知るのである。私の家では、真昼間なのに玄関のカンヌキがしっかりかかっていることがよくあった。その頃私は家族の中で帰宅が最後で、ドアを開き、締めてから、しゃがんでカンヌキを掛けるのが私の習慣だった。たまたま午前中とか午後に帰宅しても、その過程は忠実に行われた。玄関のドアにカンヌキを掛けるのは、ドアの開け閉めする日課の一部になっていたので、ルーチンを破るには意識的な努力を要した。あるいは別の例をあげよう。誰でも眠ったまま階段を降りられるが、もし暗闇の中で目覚めて、階段がどうなっているか、段が何段だったかを考え始めると、目の不自由な人のように手探りしなくては降りられなくなる。

それから、急に意識して、必死に思い出そうとすると、ごく親しい人の名前でも忘れることがある。これも誰もが経験済みだと思う。例えば、あなたがブレシントンと話していて、そこにホーローがやってくる。あなたはホーローを自分の影同様によく知っていて、もし通りで会ったのなら、彼の名前は自分の名前同様に口から出てくる。ところが気持が邪魔をする。ホーローの名前を友人に紹介する必要があるのだから思い出せと要求し、それも直ぐその場で言えという。ホーローに会ったとき名前が自然に頭に浮かぶという受動的な反応は起きない。能動的な思考力を使わねばならない。名前を探し回るのだが見つからない。そこで最後に聞き取れないような名前を不鮮明に口にする。だから、自分の珍しい名前に敏感なホーローは、あなたが意図的に彼を軽視したと思うだろう。

自分の名前や電話番号を忘れる人の話を信用するのは困難ではない。これらは心の無意識な働きに委ねられていて、能動的な思考とは無関係である。だから意識的に思い出そうとすると記憶から消えてしまう。サミュエル・バトラーが言ったように、人は、あるものについて、知っているのを意識しなくなって、初めてそれを知るのだ。それを知っているかどうかなど考えていると、次の瞬間に忘れる。バトラーは、ショパンの夜想曲でもシューベルトの即興曲でも暗譜ですらすら弾けるプロのピアニストの例をあげている。無限の練習で獲得した習慣的な反応によって軽々と演奏できる。しかし、演奏の途中で止めさせ、音符を考えさせると、しばらくの間先に進めなくなる。流れに再び乗り一気に終曲まで演奏するようになるまで、狼狽《ろうばい》し立ち往生する。誰でもこんな例を自分の体験からいくつでもあげることができよう。私はPhilippiという名前を無意識で書けば、多くの人並に正しく綴れるが、どう綴るのかと考え始めると、エルとピーを重ねるのかどうか随分迷うに違いない。

男と時計の場合では、能動的な心と受動的な心の葛藤がもっとも基本的な姿で現われる。時計を忘れ、取りに行くには僅かしか時間がないというのが彼の意識的な思考である。時間は足りるだろうか？　そこに無意識的な反応が作用して、ポケットに手を入れて時計を取り出し、汽車が出るまでに何分あるかを確かめる。無意識的な行為だから、時計を忘れたという心の動揺と結びつかない。そこで、時計を見ながら、取りに帰る時間があるかどうか確かめてそこに立ちつくすことになる。これは誰でも楽しめる冗談だが、誰しも自分も彼と同じ事をやりかねないので、一層楽しめる冗談なのではあるまいか。

(A Man and His Watch)

通行規則について

先日アーサー・ランサム氏が「ペトログラード通信」で書いていたのは面白い話だった。肥った老婦人がバスケットを持って、ペトログラードの大通りの真中を歩いていた。交通は大混乱するし、婦人の身も少なからず危険にさらされることになった。歩行者のためには歩道があるじゃないかと注意されたのだが、婦人は「好きなところを通りますよ。今の時代は、自由を獲得したのだから」と答えた。もし自由が道の真中を歩く権利を保障するのなら、タクシー運転手は歩道をドライヴしてもよいことになり、そんな自由の結果はあらゆるところでの混乱だということなど、婦人の頭にはまったく浮かばなかった。誰でも他人の邪魔をして、誰もどこにも行けなくなるだろうし、個人の自由は社会的な混乱を生むだけであろうに。

このバスケットを持った婦人と同じく、世の中の人全部が自由獲得に酔いしれる危険がある。そこで通行規則の意味を改めて考えてみてもいいだろう。全ての人に自由が保障されるためには、全ての人の自由が削減されねばならぬ、ということである。例えば、警官がピカデリー・サーカスで道の真中で台に上がり、手を挙げるとき、彼は専制政治の象徴でなく自由の象徴なのである。そう思えないこともあろう。急いでいる時、車を警官に止められると、自分の自由が侵害されたと感じる。公道を自由に使うのをどうして阻害するのだ？　しかし、物分りのよい人なら、もし警官があなたの邪魔をしなかったら、誰の邪魔もしないだろうから、ピカデリー・サーカスは大渦巻になり誰一人通行できなくなると反省するだろう。自由を現実のものとする社会秩序を享受するためには、個人の自由を制限することに同意しなくてはならない。

　自由はただ個人的なものというだけでなく、社会的な契約でもある。利害の調和である。他人の自由を侵さぬ限り、私には好き勝手にする自由がある。そうしたいと思えば、ストランド街を化粧着に長髪と素足で歩いたとしても、誰も文句を言わない。人には私を笑う自由はあるが、私も他人を無視する自由がある。もし私が髪を染めたいとか、口髭をワックスで固めたいとか(断じてしないけれど)、あるいはシルクハットにフロックコート、それにサンダルという服装をしたいとか、宵っ張りあるいは早起きしたいという場合、好きにすればよいのであって、誰の許可も要《い》らない。マトンに辛子をつけてよいかどうか私はあなたに訊かない。あなたも、新教徒と旧教徒のいずれになってよいか、結婚は黒髪の女性か金髪の女性かどちらにしたらよいかなど、私に訊くわけがない。詩人としてワーズワースよりもエラ・フィラー・ウイルコックスを好み、飲物にはシャンディギャフよりもシャンパンを選んでよいかと、私に訊くわけがない。

これらの事柄や、その他の多くの事柄において、あなたも私も好きなように振舞い、誰の許可も求めなくていい。皆自分だけが支配者である国を所有しているのであり、そこでは好きなようにして、賢くても、愚かでも、厳格でも、のんびりしていても、月並みでも、風変わりでも、一向に構わない。しかし、この王国から一歩でも外に出ると、自分の自由は他人の自由と鉢合わせする。トロンボーンの練習を深夜から午前三時までしたいとする。辺鄙《へんぴ》なヘルヴェリン山の頂上でするなら問題ないが、自分の寝室でやれば家族が反対するし、外の通りでなら、近所の人が、トロンボーンを吹く自由は静かに寝る自由の妨げとなってはいかん、と注意する。世の中には大勢の人が暮らしているので、私の自由はその人たちの自由と調和させなくてはならない。

ところが我々はともすると、これを忘れる。そして残念な事に、この点では、自分の欠点よりも他人の欠点のほうをずっとはっきり意識するのである。

この間の朝、私はある田舎の駅で汽車に乗り、座席で本年度の『青書《ブルーブック》』（政府刊行の報告書）を一時間ばかり集中して読もうとした。楽しみで読もうとしたのではない。『青書』を楽しんで読んだことは一度もないのだ。実を言えば、法廷弁護士が事件報告書を読むのと同じ理由、つまり職業上の止むを得ぬ事情で読んだのである。これが楽しみのための読書というのであれば、周囲で何が起きていようと、少しも気にならない。『トリストラム・シャンディー』とか『宝島』を読むのなら、地震の最中でも楽しんで読めると思う。

しかし、仕事で読む場合には、それ相応の静粛さが要る。それが得られなかった。次の駅で二人の男が乗ってきて、一方が相手に向かって汽車に乗っている間中偉そうに大声で喋り続けたからだ。その男は、ホーン・トウィクの有名な話に出るような輩だった。（トウィクは通りでひどく態度の大きい男を押し留めて「失礼ながら、あんたは何様なのかな？」と尋ねたと伝えられている。）この男は正にそれだった。私が『青書』の条項だの項目だのに必死で取り組んでいる最中なのに、男の声が嵐のように舞い上がり、男の生い立ち、息子の戦歴、将軍と政治家への批判が、仕事を続行しようという私の哀れな試みをどこかに吹き飛ばしてしまった。私は『青書』を閉じ、窓の外を眺め、うっとうしい思いで聞くしかなかった。こんなことを喋りまくっていた。「フランス軍がなすべきだったのは……」、「ドイツ軍の間違いは……」、「アスクイス首相がもっと……」などなど。分かりきったことばかりだ。以前に何度も聞いた話ばかり。手回し風琴が昔はやった歌を雑音混じりに演奏しているようなものだった。

もう少し小声で話してくれませんか、と私が頼んだとしたら、おそらく私を無礼な奴だと思っただろう。わしの話を聴くより他にもっといいことなどないじゃないか、と彼は思っていた。汽車を降りる時は、乗り合わせた乗客はわしの話を聴いて楽しみ、勉強にもなっただろうと考えていたのは間違いない。彼は悪気はなかったのだろう。問題は社会人としての常識がなかったことだ。「仲間と付き合える人物」ではなかったのだ。

他人の権利や気持を尊重するのが社会的な行動の基盤である。その点で女性は男性より遅れているとよく言われているが、私の経験でも、切符売場で列に割り込んでくるのは女性、それもいい身なりの女性である。男はそういうことはまずしない。一つには、そんなことを男がしたら許されないからであるが、それだけでなく、社交での妥協の訓練を受けてきたからである。広い世間で生きてきて、常識的な行動基準に順応する術を身につけたのだ。学校生活、クラブでの付き合い、スポーツなどで、教育されたのだが、女性は今ようやくそういう教育を受け出したばかりなのだ。

無名の人やおとなしい人の権利を守るのは、小国の権利を守るのと同様に大切である。車を乗り回している連中がわざと警笛を大きくならしているのを聞くと、私は煮えくり返る思いがする。ドイツがベルギーを乱暴に蹂躙《じゅうりん》した時と同じ怒りだ。一体どういう権利があって、自分にとって邪魔な車にそんな脅しをかけながら公道を走っているのか? 自分が走っているのを知らせるのを、もっと紳士らしくできないのか? おとなしく自分の順番を守れないのか? 何様だと思っているのか? 預言者ニーチェにのめりこんだ手先なのか? ニーチェがプロシャ式軍国主義の化身のような無法者で、文明社会ではとても醜悪な存在であるのに気付かず、それを支持するなんて、一体そんな奴がいるのかと考えてしまう。

乱暴なドライバーよりは無害だが、やかましい蓄音機を買ってきて、日曜日の午後に鳴らし、窓を開き、通りに「家庭のかまどの火を絶やすなかれ」とか他の下らぬ歌を響かせる輩がいる。この種の社会的行動の正しい限界はどこにあるのだろうか。例として再度トロンボーンを考える。ハズリットがいうには、この恐ろしい楽器を習得したい者は、近隣に迷惑であっても、自分の家で練習する権利があるが、迷惑を最小限に留めるように努めなくてはならないそうだ。屋根裏部屋で練習し、窓を閉めなくてはならない。居間に座って、窓を開け、近所の人の耳に最大の暴力で騒音を響かせる権利はない。蓄音機も同じである。好きなら買うのは自由だが、もし自分の家の中で聴くだけにしなければ、近所の住民の自由に抵触することになる。近所の人は「家庭のかまどの火を絶やすなかれ」を聴きたくないかもしれないのだ。日曜の午後の静寂を乱されたくないかもしれない。彼らの平穏を乱すのが許せないのは、他人の庭にずかずかと入り、花壇の花を踏みつけるのが怪《け》しからぬのと変わるところがない。

もちろん、自由と自由の衝突には妥協の余地がないように思えることもある。私の親しい友人のX君は、ウエスト・エンドの屋敷に住み、善良さと短気を併せ持つ驚くべき人物であるが、通りで手回し風琴の音を聞くや否や癇癪《かんしゃく》を起し、飛び出して行って追っ払うのである。ところが、彼の家の近くに、ロマンチックな悪漢小説好きの婦人が住んでいて、彼女は手回し風琴が大好きで、雀蜂がジャムにひきつけられるように、風琴に心を引かれ、演奏者を近くに呼び寄せるのである。この場合、どちらの自由がどちらの自由に席を譲るべきか？　どう頭を捻っても私には分からない。風琴を好むのも憎むのも、同じくらい道理にあっているように思えるのだ。こんな難問はどう解いたらいいのか、出来るものなら、あのサンチョ・パンサにぜひ意見を聞きたいものである。

おそらくこういうことではなかろうか。今の複雑な世界では、我々は完全なアナキストにもなれないし、完全な社会主義者にもなれない──その両方の賢明なごちゃ混ぜでなくてはならない。二つの自由──個人の自由と社会的な自由──を守らねばならない。一方で役人を監視し、他方でアナキストを警戒しなければならない。私はマルキストでもないし、トルストイ的社会主義者でもなく、両方の妥協の産物である。私の子供がどの学校に行くか、文系か理系か、ラグビーかサッカーか、そんなことは誰にも決めさせない。こういうことは私的なことである。しかし、もし私が子供に教育を全然受けさせないとか、原始的な野蛮人になるように育てるとか、『オリヴァー・ツイスト』のフェイギン氏のスリ学校に入れるとか、主張したら、社会は丁重に、しかし厳しく、原始的な野蛮人は要《い》らないし、スリには絶対に反対であり、子供には好むと好まざるとに関係なく一定の教育は受けさせるのだと、私を説得するであろう。自分が近隣の迷惑になったり、子供が社会にとって負担になったり、危険になったりするように育てる自由は私にはないのだ。

自分が文明人か野蛮人かどちらであるかを決める場合、普通の生活における一寸《ちょっと》した振舞いとか、通行規則を守るか否かに基づいて判断する。日常生活ではヒロイズムや自己犠牲を発揮する瞬間は稀である。人生の総和を構成し、人生の旅を甘美なものにしたり、苦いものにしたりするのは、普通の交際上の一寸した習慣である。汽車の中のお喋りな男がこれに気付いてくれるといいのだが。もし気付きさえすれば、フランス軍がどうだの、ドイツ軍がどこに行ったかなどを、近くの人に説明するのは止めないにしても、私が『青書』を読むのを可能ならしめるような低い声で説明するだろう。

(On the Rule of the Road)

習慣について

今朝記事を書こうと思って、座ったのだが、どうもうまく書けない。どこか調子が狂って、筆が進まないのだ。誰かが親切にも贈ってくれた新しい万年筆で書いていたのだ。私自身はあまり関心がない慶事があり、その記念というので数人の友人が祝ってくれたのだ。立派な万年筆で、太く、書きやすく、綺麗な飾り書きが可能だった。このペンなら、どんな内容の記事でもうまく書けそうだった。インキを詰めて、書き出せば、ペンは競走馬のように素早く、滑《なめ》らかに動きだし、あっという間に記事が完成しても不思議はないと人は思うだろう。事実、私も座ったときにはそう思った。ところが、いざ書き出すと、競走馬でなく、ロバのように頑固でのろのろしている。スチーブンソンが南仏のセヴェンヌ山脈をロバのモデスチンに跨《またが》って旅行した時並みのゆっくりした速度しか得られなかった。宥《なだ》めすかしたり、棒でぶったりしたが、私のモデスチンには効果がなかった。

その時、いつもの習慣に反したことをやっているのに気付いた。いつもは鉛筆で書くのだ。署名するときしかペンを使わないという時期が、何日もいや何週間もあった。一方、鉛筆を親指と中指の間に挿《はさ》んでいない時間は、毎日ほとんどなかった。鉛筆は体の一部というか、手先の一部になっていたのだ。私の中指の天辺には小さなペンだこが出来ている。私がちびれるまで使用した何百本もの鉛筆との摩擦で生じた「記念碑」である。私にとって鉛筆は、ダルタニャンにとっての剣、ケンブリッジ公爵にとっての雨傘、グラント将軍にとっての葉巻、ジャックソン南軍司令官にとっての棒削りだったのだ。鉛筆を私の手に渡し、誰もいない部屋で目の前に原稿用紙を置いて私を座らせなさい。そうすれば、いくらでも働く。八日巻き時計のようにコツコツと仕事を捗《はかど》らせる。自分のことなど忘れ、仕事に専念する。しかし、魔法の杖は鉛筆でなければならない。ところが今日は万年筆を手にしたので、習慣の全組織が狂ったのだ。いつもと違う雰囲気だったのだ。ペンが私と私の考えの間に侵入してくるのだ。ペンでは手触りが違う。まるで外国語で書いているようで、満足できないのだ。

我々が皆知っている一寸《ちょっと》した習慣の強い支配力は、サー・ウォルター・スコットが友人ロジャーズに語った学校時代の話に、非常によく出ている。「学校の私のクラスにいつも一番を占めている少年がいて、私がどんなに頑張ってみても追いつけなかった。私がいくら勉強しても、来る日も来る日も彼の地位は不動だった。ところがある日のこと、とうとうこんな事を知った。先生に当てられると彼はチョッキの下のほうにあるボタンを必ず指でまさぐるのだ。そこで、このボタンを取ってしまうことが私にとって残された唯一の手段のように思えてきた。魔の一瞬、私はナイフで切り取ってしまった。この手段の成功いかにと固唾《かたず》を呑んで見守っていると、なんと、うまく行き過ぎるくらいの成功だった。次に当てられた時、彼はいつものようにボタンに手をやったが、触れられなかった。困ってしまって、うつむいて目で探してみたけれど、指で触れられないのに目で見えるはずもない。彼は頭が混乱してそこに立ちすくむばかりだった。こうして私が一番になれたけれど、彼は二度と再び一番に返り咲くことはなかった。また、ひどい仕打ちをした犯人が誰であったか、人を疑うことなど決してなかったと思う。ずっと後になって、彼の側を通り過ぎる時など、その姿を見ると申し訳ないという気持に襲われることがしばしばあった。そういう時は何か償《つぐな》いをしようかと決意を固めることがよくあったのだが、結局、決意だけに終わり、実行に移すことはなかった。成人してから彼と付き合うことはなかったが、よく見かけることはあった。エディンバラの裁判所で低い地位にあったからだ。気の毒に！　もう亡くなっていると思う。早くから酒に溺れていたという噂だった」

スコット少年は、卑劣な行為をしたと思うが、この不幸な出来事に関していえるのは、件の少年は神経が細くて、些細《ささい》なことでもう再起できないくらいなので、もっと厳しい世間の荒波にさらされれば、失敗しただろうと言えると思う。習慣を持つというのは、有害なものでない限り、悪いことではない。それどころか、人間というものは、いくつかの習慣に上着とズボンを着せたような存在である。我々から習慣を取り去ってしまえば、残りは取るに足りぬものになる。習慣なくして人は生きてゆけない。習慣は生き方を楽にしてくれる。習慣のお陰で多数のことを機械的にすることが出来る。もしその一つ一つをそうすべきかどうかと改めて考えていたら、日常生活は混乱状態に陥《おちい》るであろう。日常的な活動を決まりきったように出来れば、その分だけ楽に暮らせ、余暇を楽しむことができる。

簡単な例をあげよう。私はあるクラブの会員であるが、このクラブは大きいけれど、クロークルームに係員を置くほど大きくはない。会員は自分で帽子とコートを吊るし、必要なとき、自分で取る方式になっている。私は長いこと、空いたコート掛けがあればどこにでも吊るしていた。どこでもよかった。探すときは、同じような帽子やコートがいくつもあるので、馬鹿に難しかった。どこに掛けたかなど、些細なことまで覚えていられないので、記憶はあまり役立ちはしなかった。そこで昼食の後、何列にも並んでいる服の間で途方にくれて馬鹿面をして「どこに帽子を掛けたかな？」とつぶやきながら、探し回る私の姿がしばしば見かけられたであろう。それからある日、素晴らしい考えが頭に浮かんだ。決まったコート掛けか、それが空いていなければ、その近くのコート掛けにすればよい。この習慣に慣れるのに数日要したが、一度身につくと、魔法のように役立った。帽子もコートも探そうと考えずに見つかる。小鳥が巣を間違えないように、きまった場所に行ける。人生における明白な勝利の一つである。

しかし習慣は使用するステッキにすぎないのだ。つまり寄り掛る松葉杖にしてはいけない。習慣を自分の便宜のために使い、時には習慣の奴隷でないのを示すために断《た》つことも必要である。習慣を活用すべきであるが、もし活用できないときがあっても、狼狽《ろうばい》してはならない。私はバルフォア氏が、スコットの競争相手だった生徒と同様、些細な習慣の混乱で狼狽する姿を目撃したことがある。たしか水先案内協会の幹部会員の制服を着ていて、ロンドン市長公邸での晩餐会で乾杯の音頭を取っていた。人前で話すとき、コートの返し襟を握るのが彼の癖だった。大仰に両腕を振り回すつもりでなければ、これが演説のとき一番落ち着く姿勢である。両手に悪戯《いたずら》をさせず、体を安定させるからだ。しかし、バルフォア氏が着ていた制服には返し襟がなかった。彼の両手は、襟を摑《つか》もうとしてみつからないので、ブラックプール海岸で両親を探す子供のように、さまよっていた。狼狽してボタンに触れたり、悲しそうに両手をあわせたり、また離して行方不明の襟を探したり、背中に延ばしたり、卓上のコップをいじったり、また襟を探したり——と、ズボンのポケットに突っ込む以外のあらゆることをした。習慣通りに出来ぬ場合の典型的な狼狽振りだった。スコットの話の少年と違って、バルフォア氏はベテランの演説家なので、話せなくなるようなことはなかったが、それでも混乱は明らかだった。何とか頑張って話し終わったが、その間も両手をどうするか、襟を握れないので、困り果てていた。

私の場合は、混乱への解決策があった。万年筆をしまって鉛筆を取り出し、再び、慣れた習慣に従って、八日巻き時計のように粛々と仕事を進めた。そしてこの文がまあまあの出来栄えと言える成果である(と願う)。

(On Habits)

「どうぞ《プリーズ》」をつけるつけない

この間の朝、シティーにある会社の若いエレベーター係が客をエレベーターから追い出し、その怪しからぬ罪で罰金を課されたという記事があった。問題は「どうぞ」をつけるかどうか、という事だったという。告訴人はエレベーターに乗ると「最上階」と言った。係の青年は「最上階——どうぞ《プリーズ》」と言うように要求したが、それを拒まれたので、客の指示に従わなかっただけでなく、エレベーターから追い出したのであった。もちろん、これは無作法批判の行き過ぎであった。無作法は法律上の罪ではないし、攻撃や殴打の弁明にはならない。もし強盗が押入ってきて、私が殴り倒した場合、法は私を無罪にするし、もし私が肉体的に襲われたら、それにある程度の腕力で仕返ししても法で許される。強盗も乱暴者も明らかに法律違反を犯したからだ。しかし無作法や失礼は違法だとする事はできず、従って、法律違反だと認められぬ行為に対して腕力を使うのは許されない。エレベーター係の青年に同情する気持が我々にあるにしても、この件に関する法律は合理的だと認めなくてはならない。もしわれわれが他人の振舞い、声の調子、顔に浮かんだしかめ面が気に食わないからというので、人の横っ面を張り飛ばすのは論外だ。絶えず拳固を固めていなくてはならなくなるし、シティーの溝には一日中血が流れるであろう。

私がどれほど無礼であっても、暴力による仕返しを受けないように法が守ってくれる。高飛車だったり、無作法であったりしても、粗野な奴だと言われるだけで、罰金を払わされることはない。法律が「どうぞ」と言うことや、相手の声の調子に合わせることを私に強要できないのは、口髭をワックスで固めるとか、髪を染めるとか、背中に巻き毛を垂らすとか、そんなことを法律で禁じられないのと同様である。感情を逆なでされることがあっても、賠償が認められる事件とはならない。精神的及び知的損害は法で認められない。

だからと言って、損害を無視してよいというのではない。エレベーター係は、脛を蹴飛ばされた場合以上に、社会的地位への侮蔑ととって悔しかったかもしれない。脛への暴行なら法で償《つぐな》ってもらえる。しかし脛を蹴飛ばされた場合、痛みはまもなく消えるが、自尊心やプライドへの傷は一日を台無しにする。また、こんなことも想像できる。エレベーター係は、無作法な客をエレベーターから追い出せないままだと、侮辱されたことを何度も思い出して悔しくなり、帰宅後、妻に鬱憤を晴らすのだ。不機嫌とか無作法くらい伝染力の強いものはない。シェリダンの喜劇『恋敵』で、サー・アントニー・アブソルートがキャプテン・アブソルートをいじめると、キャプテンは下男のファッグをいじめる。するとファッグは階下に行ってボーイを蹴飛ばすのである。エレベーター係に「最上階」と言った男は、朝の挨拶に答えなかった上司への鬱憤を晴らしていたのかもしれない。上司は朝食の席で妻になじられた仕返しをしたのかもしれない。妻は、女中に口答えされた料理人に生意気な態度を取られて、頭に来たのかもしれない。我々は不機嫌によって世の中を汚しているのだ。無作法は、日常生活の円滑な流れを阻害している点で、さまざまな犯罪を全部合わせたより罪が重いくらいだ。普段おとなしい夫に目の周りが黒ずむほど殴られる妻一人に対して、不機嫌な夫のために忍従の生活を強いられている百人の妻がいる。しかしそれでも、法は個人が礼儀正しく振舞うようにと、命じることはできない。どんな「十誡」もあらゆる範囲の違反を網羅できないし、どんな法廷も社交上の礼儀作法、言葉遣い、機嫌、物腰を取り仕切るような法律を施行することはできない。

しかし、我々はエレベーター係への判決を是認せざるをえないけれど、大多数の人は彼に同情するだろう。「どうぞ」ということを強制する法律はないにしても、礼儀正しくせよと促す社会的な慣習がある。法律などよりもっと古くからあり、もっと大事な慣習である。そして礼節の第一歩はサービスを受けたら、それに感謝することである。「どうぞ」と「ありがとう」は社会人として生活する時の小銭みたいなものだ。一寸した礼儀であり、それによって人生の機械に油を差して回転を滑らかにすることができる。それで、目上が目下に命令するのでなく、お互いに協力しあう持ちつ持たれつの人間関係を維持していけるのだ。頼んで受けられるサービスを、命令して得ようとするのは、非常に下劣だ。

ここで私が仲良くなった、礼儀正しい車掌のことを特筆したいと思う。「礼儀正しい」という形容詞をつけたことで、彼以外の車掌にケチをつけようというつもりはない。それどころか、大変な重労働をバスの車掌ほど見事にやってのけている人種は少ないと思っている。時々不愉快な車掌がいないわけではない。彼らは乗客を自分の天敵だと見なしているようである。客がバスに乗る目的は車掌を騙《だま》して料金を誤魔化すことであり、客に不正をさせぬためには攻撃的な態度と怒鳴り声が必要だと思いこんでいる車掌もいる。しかしこういうのは稀である。バスを運行させている地下鉄会社のお陰だと思うのだが、会社は従業員に客に対する礼節を命じ、それが守られるように常に注意しているらしい。そうすることによって、利用客に気持よく乗車してもらうだけでなく、社会的に大きな貢献をしている。

それ故、車掌という集団への反感など全くなしに、ある一人の車掌を取り上げるのである。彼の存在を意識したのは、ある日バスに跳び乗ってから金銭をまったく持たずに家を出てきたのに気付いたときだ。誰しも似たような経験があって、一文無しと気付いたときの気持は分かると思う。よくて愚か者、悪くすると悪漢に見られる。車掌が冷ややかな目で睨み、「ふん、分かっている。古い手口だ。いいから、ここで降りなさい」と言わんばかりである。たとえ、車掌がいい人で、気持よく降ろしてくれたとしても、そこから戻る必要があるし、もしかすると約束や汽車に間に合わなくなるかもしれない。

私は小銭がないかとポケットを探し続けた結果、どうしてもないので、車掌に一文無しであるのを、正直に打ち明けた。バスを降りて、金を取りに帰ると言った。「降りることはありませんよ。結構です」彼が言った。「結構っていうけど、本当に一文無しですよ」私が言った。「切符を出します。どこまで行かれるので？」彼は切符の束を出して、イングランド銀行でも香港でも、どこへでも行ける切符を切ってくれそうな勢いだった。私は感謝して、どこへ行くのかを告げ、その切符を受け取りながら、「でも料金はどこへ送ればいいですか」と聞いた。「その中《うち》にまたお目にかかるでしょう」と彼は明るく言ってその場を立ち去った。それから、まだポケットの隅を探り続けた私は、ようやく一シリングに触った。それで料金は払えた。でも、そうなったからと言って、彼の親切が与えた幸福感は少しも減じなかった。

その数日後、私がバスの二階席で読書しているとき、敏感な足の指を重い足で踏まれた。いささかの怒りとそれ以上の痛みを覚えて、顔を上げると、車掌のにこやかな顔があった。「すみません！　重い靴でしょう。実は足を何回も踏まれたので買ったのです。それなのに、今回は私が人の足を踏んでしまいました。申し訳ないです。痛くはありませんか？」　痛かったけれど、彼がとっても済まなそうにするので、痛くないと答えた。その後、彼のバスに乗るたびに、様子を見ていると、彼の態度が終始変わらず親切なのを知り、とても嬉しくなった。無限の辛抱強さと、乗客を快適にする才能を持っているようだった。もし雨が降り出せば、さっと階段を駆け上がって、奥に行けば濡れませんと言いに行くのだった。老人に対しては孝行息子のようだった。若い人に対しては父親のようだった。子供には特に愛情を抱いているようで、いつも何か冗談を言って笑わせていた。もし目の不自由な客が乗った場合、無事に歩道に下ろすだけでは気が済まなかった。運転手に声をかけて、自分も降りて、道の向こうに渡ったり、角を曲がったり、その他、客が安全に歩き出すまで見届けた。要するに、彼は思いやりの雰囲気を醸《かも》し出すので、彼とバスに乗っていることは、礼節と親切の最善の実物教育になった。

特に私の心を打ったのは彼がいとも楽々と仕事をこなしていることだった。無作法が伝染するとすれば、よい作法も伝染する。もし無礼に出遭えば、人は自分も無礼になり勝ちである。しかし、丁寧で明るい人に対して無愛想になれるのはよほど根性の曲がった者である。態度も天候と同じだ。「晴天ほどわが心を明るくするものなし」とキーツは述べた。陽気な人と接すると、どんな暗い気持の人でも、晴天に祝福された気分に包まれる。明朗な車掌のバスでは常に晴天であり、彼の礼儀正しさ、愛想のいい挨拶、上機嫌な振舞いが乗客に伝染する。客の気持を高揚させることで、彼は自分の仕事を楽にした。陽気さは無駄な贅沢でなく、健全な投資だった。

最近は彼を見かけない。きっと別の路線に太陽を移したのだろう。今のような暗い時代には、あの太陽があらゆる路線に広がって欲しい。無名のバスの車掌などへの賛美を書いたことを不適切だと私は思わない。もしワーズワースが「淋しい荒野で」会った蛭取りの貧しい老人から知恵の教訓を得たのなら、詩人より劣る私が、地味な職業でも、善意と親切によって気高いものになるのを示してくれた車掌から生き方を学んでもいいと思う。

戦争のせいで人々の日常的な行動が荒っぽくなり、人間関係がぎすぎすしてきたと一般に言われている。もし我々がお互いに人生を耐えやすいものにしようとするのなら、昔の作法を取り戻す必要がある。しかし法律の力で取り戻すことはできない。天使の社会より低級な人間の社会では、警官は必要なシンボルであり、法律は必要な制度である。しかし、法律は肉体的な攻撃から人を守ってくれるだけである。精神的な攻撃に対して、エレベーター係のように、暴力をもって立ち向かうのは礼節を取り戻すのに役に立たない。もしエレベーター係が「どうぞ」といわぬ相手に念入りな丁寧さで接してみたら、もっと微妙で有効な復讐を遂げられたのではないだろうか。それによって、失礼な男に対してだけでなく、自分自身にも勝利を得たであろう。そういう勝利が大事なのである。礼節を守る者は、肉体的な勝利は失うかもしれないが、精神的な勝利を我が物とできる。エレベーター係に、私はチェスターフィールドの話を薦《すす》める。その時代はロンドンの通りは今日のように舗装されていなかったので、「塀際を歩く」人は足が濡れないで済んだ。ある日チェスターフィールドに会った男が「俺は悪党には絶対に塀際を歩かせねえ」と言った。しかしチェスターフィールドは「私は常に他人に塀際を歩かせる」と言い、お辞儀をしながら泥道に足を踏み入れた。相手を泥の中に投げ飛ばすよりも、気分のよい復讐だったと、エレベーター係が同意してくれればいいと思う。

(On Saying "Please")

趣味について

先日ご婦人たちと一緒にいたが、たまたま戦時下の節約生活の話になり、必然的にバターの代用にマーガリンを使うという話題になった。代用はむしろ良かったというのが平均的な意見だったと思う。「実はね」ある婦人が言った、「先日バターを買ったのです。以前使い慣れた品を。そしてテーブルに、最近覚えたマーガリンと一緒に置いておきました。夫がそれをマーガリンだと思ってパンにつけて食べ、顔をしかめて、『これは駄目だ。マーガリンはいかん。戦争に負けてもいいからバターに戻ろう』と言うのです。で、今のは、いつものバターですよ、と言いますと、『驚いたな!』なんて言っていました。これはどういうことでしょうね?」

好みというのは慣れの問題で、想像力が思っている以上に考えに影響するものだと分かりますな、と私は言った。あれこれの事について、よく「後天的に身についた趣味なのです」と、さも珍しいことのように言う。実際には人は慣れないうちは、ほとんどあらゆるものを嫌うのが普通である。例えば、私は若い頃はタバコの味を毛嫌いしていた。タバコの葉に苦労して自分を慣らすことで、ようやく嫌悪感を克服し、今ではタバコの忠実な召使になっている。しかもタバコについても私の好みは不安定なのだ。ある銘柄のタバコでないと駄目だと思い込んでいた。でもこれはナンセンスだと分かった。戦争で税が上がり、支出を抑えようと思ったので、値段の安いタバコに変えてみた。最初は不味《まず》いと思ったけれど、今では以前の高いものより好みに合っている。婦人の夫が以前のバターより今のマーガリンを好むのと同じである。

慣れが問題になるのは、食だけではなさそうである。去年あんなに誰にも好まれていた帽子が今では、まるで古代バビロニア人の流行ででもあったかのごとく野暮ったくなっている。いつだってそうだった。モンテーニュは述べている。「アンリ二世の逝去のために一年間宮廷では誰もがシルクの喪服を着ていたが、その後あらゆるシルクが不快で下品なものとされるようになり、今では以前の喪服を着た者は田舎者か労働者だと見なされるようになった」覚えている人もいるだろうが、同様に、トマス・モアのユートピアでは、金が鉄より低く見られていて、家事用品はすべて金でできていたのだ。

我々は融通のきく生き物で、好みを環境や風俗習慣に合致させるのは容易である。鼻にリングを通している蛮族がいる。ロンドン郊外のトゥーティングに住むブラウン夫人がその種族の写真を見ながら、この蛮族の奇妙な習慣について夫に話す。もしブラウン氏がユーモア感覚のある人なら、妻の耳にぶら下がっているイヤリングを指して「でも、君、鼻のリングは野蛮で、耳のリングは文明的だなどと、どうして言えるのかな？」と言うだろう。このジレンマは、ギリシャ人が人肉食いを止めさせようとした蛮族のジレンマに似ているようだ。食人種が、以前は敬虔な態度で親を食していたのに、それを止めた。だが、ギリシャ人のように遺体を火葬にする慣習に従うように求められた時、彼らはぞっとした。遺体を食するのを止めるのには同意するが、火葬に付すだって？　そんなことは出来ない。ブラウン夫人が問題視する蛮族も、鼻からリングを外すのには同意しても、耳に下げるのは当惑して断るだろうと想像する。

長髪の王党員が清教徒の短髪を悪趣味の極みだと見なしたのは疑いないと思うが、今日では、ストランド街を長髪を肩になびかせて歩く男は変わり者だと見られる。「神よ、長髪の男と短髪の女から救いたまえ」というムーディー牧師が創作した楽しい連禱を唱和しようと思う。しかし、我々の子孫がこの祈りを逆転させないと誰が言えよう？

私が知っている短い期間でも、「良い趣味」という旗印の下に男性の髪や髭がいろいろと変化するのを見てきた。男が、テーラーの喜劇に出てくる、あの滑稽なダンドリアリ卿のように長い頬髯を生やすのが流行した時があった。その次には、「マトン・チョップ」と綽名された短い頬髯と口髭がはやり、さらにその次には、口髭だけというのが格好よいとされた。今はローマ人風に戻って髭を剃っている。こういう事柄で絶対的な「良い趣味」などあるのだろうか。あるいはズボンを考えてみよう。百年前だったら、もし半ズボンでなく長ズボンで歩いていたら、下品な奴だと言われたであろう。一八一四年にウエリントン公爵さえ長ズボンで現われたというので、オールマック集会場に入るのを拒まれたのである。ところが今では、半ズボンは仮装舞踏会とか、宮廷行事にしか使われない。

しかし良い趣味の基準など呆れるほど非合理だ。キリスト教世界に喪の象徴として黒、悲しい希望のない黒を着るように定めたのは、一体誰か。キリスト復活の教義を聞いたことのないローマの婦人たちは、喪服として白服を着ていた。キリスト復活を知っているキリスト教世界が、何故か絶望の黒服を着るようになったのだ。葬式に行くとき、私は他の人と同じく黒の喪服を着る。というのは、ある著名な政治家のような勇気がないからである。その政治家は自分の兄の葬儀で青いオーバーコート、縞のズボン、グレイのベスト、緑色の傘という服装だったのを、私は目撃した。私の言葉を疑うなら、彼の名前を出してもいい。著名人だ。彼は否定しないだろう。私は、彼の考える「良い趣味」に同意しないが、黒は好まない。「神の客を迎えるのにどうして黒服などを着るべきか」とラスキンが尋ねた。答はありえない。もしかすると、戦争の影響で、この可笑しな趣味が否定されるようになるかもしれない。

(On Taste)

怠惰について

自分が怠惰な人間なのではないかという、嬉しくない疑惑を以前から抱いていた。一人でそう思っていた。たまたま会話で人に言うことがあっても、信じてもらおうとは思っていない。実際、私は怠惰なのです、と人に言うとすれば、そういう噂が出るのを防ぐためである。防衛には攻撃が一番だ。私は自分を攻撃することで自分を防衛し、罪を正直に自認することで、無罪の評決を得ようとする。自分の武器を棄てて、人の武装を解除するのだ。「ああそう、君は怠惰な人なんだね。うん、結構じゃないか」と人が言うのを期待する。そしてもしそう言われなくても、そう思っているのだろうと信じて安心するのだ。

これは珍しい策略ではないと思う。多くの人が、自分について他人に噂してもらいたくないことを、自分から言い出すのだ。それは、他人がそれを信じないように先手を打つためである。人によっては、自分が早く死ぬという可能性を予言して満足する場合がある。「あなたが死ぬなんて、ずっと先のことですよ」と言って欲しいのである。自分の死で他人が悲しむのを先取りして楽しむのである。誰でも、自分がいなくなったことを悲しんで欲しいものだ。自分自身の葬儀の悲しみに自分も参加したいのだ。「わしがあの世に行ったら」というのが口癖の善良な老紳士がいた。ある日、幼い孫を膝に抱いていたとき、この口癖を口にした。すると孫はつぶらな瞳で祖父を見上げて、「お祖父ちゃんがあの世に行ったら、その時、ボクお葬式に出るの？」と聞いた。この質問に呆然とした祖父は、その後はこの侮《あなど》りがたい孫には自分の死の話は一切慎んだという。孫は言葉を文字通りに取りすぎるからな、と彼は思った。

　私が生まれつき怠惰だという告白を聞いて、もしあなたがそんな欠点があるのですか、と同情の言葉を述べたりしたら、私はこの祖父同様に失望するだろう。あなたを思慮に欠ける人だと思うだろう。こんな話の分からぬ人に心を開くのは止めようと思うだろう。しかし、この記事では、幸いにもこのような気配りは不要である。というのは「北斗七星の主星」（ガードナー自身のペンネーム）について、彼の感情など配慮せずに事実そのものを語れるからである。彼ががっかりしても構わない。私は確信を持って彼は怠惰だと言う。今ほど、やはり怠惰だなと得心したことはない。何故って、現に、彼はもう数時間

『スター』紙への任務をさぼっているではないか！

今朝は全てが、かなり早くから始まった。夏時間というので時計を進めた――それとも遅らせたのかな？――ので早起きすることになったのだ。まず家の裏手の丘に登り、ブナの森の端の芝生でごろりと横になった。コローが、絵をそうして描いたように、私も野外で記事を書くつもりだった。五月の朝のさわやかな雰囲気をフリート街に伝え、ごみごみした街路をヒバリの囀《さえず》りで満たし、ブナの緑の森の力で緑化しようと意気込んだのだ。森の緑が木漏れ日でまだらになった風景は大変美しかった。しかし彼はまず自分の中に太陽をたっぷり取りこむ必要がある。自分が陽光を取り入れなくては、陽光を人に配ることなど出来ない。彼が言うには、それはどんな知性の人にでも明らかだ。そこで、彼は横になって陽光を体内に取り入れたのである。寝ころんだまま雲がのどかに青空を流れて行くのを眺めた。音もなく夢見るように流れて行く、大きい怠惰な雲は、巨大な羊毛の塊が一つの星から別の星にふんわりと移動して行くようだった。彼はウォルト・ホイットマンよろしく「長く長く」眺めていた。あの天才的な放浪詩人も、ここに横になって羊毛のような雲を見れば、さぞ歓喜しただろうな、と彼は呟いた。

それから、雲を存分に見つくす前に、別の仕事に夢中になった。音も記事に取り入れねばならぬと気付いたのだ。音を抜かしては、五月の朝の魅力を伝えられない。そこで、西風の翼で運ばれてくる谷間と平野の多くの物音を数え上げだした。本気で音に耳を傾けてみると、何と多くの音が聞こえるものだ！　これまで知らなかった。横たわってい る側の草の間を吹くそよ風の囁き、背後の森の息吹、近くの矮小ブナから落ちる枯葉の舞うカサカサという音、勢いよく飛び去ってゆくマルハナバチのブーンという羽音、下の畑から登ってくるマキバタヒバリの歌声、谷間をかすめるように飛んでくるカッコウの叫び、山腹のカササギのカタカタという声、ズアオアトリのスピンク・スピンクという鳴き声、遠い畑のトラクターのうなり、遠くの雄鶏がときをつくる声、牧羊犬が吠える声、ブナの森の開拓地から微かに聞こえる槌の響き、丘の向こう側の樹木のある開拓地でスミレやスズランを集める子供たちの声など。相変わらず横になったまま、見事な雲を眺めつつ、こういう音のすべてを聞いた。見るもの、聞くもの、すべてがどこか夢のようで、彼はいつしか夢の世界へと誘われた……。

目覚めると、もう記事を書くには遅すぎると思った。それに記事は午後書くのが一番いい。そして書くのに一番いい場所は果樹園だ。桜の木の下に座れば、花びらが夏の雪のように足元に降ってくるし、ミツバチが耳元で飛び交い、その声で労働の厳しさを教えてくれる。そうだ。ミツバチの巣箱のそばに行こう。ミツバチの熱意、任務への献身振りを見て、何かを学ぶのだ。ミツバチはふわり浮かんだ雲を眺めて、横たわってなどいない。彼らには、ロングフェローの言う通り、「人生は真実であり、人生は真面目」なのだ。彼らは常に「忙しく働いている」のだ。ミツバチの中には、怠けている詐欺師の雄バチがいるのは、よく指摘される通りだ。働きバチの十倍も大騒ぎをして、大騒ぎしているのだから全ての作業は自分らで行っているような顔をしている。しかし、こういう怠惰な奴らを、彼は無視する。桜の木の下で、働きバチのように孜々《しし》として働くのだ。

ところが、彼が桜の木の下に座ったとき、ハチ飼育の玄人がハチの巣箱を見に出てきた。彼女は一人で充分に出来たのだが、調べる手伝いをするのが礼儀だと彼は思った。そこで彼はヴェールと手袋をつけ、一緒に見に行った。ハチの巣の中を見ていると、時は速やかに過ぎる。すること、見ることが沢山ある。例えば女王バチの存在を確かめたいのだが、何千というハチの中から一匹を探すには時間がかかる。この午後はいつも以上に時間がかかった。巣箱の一つで悲劇があったからだ。それは主要巣箱で、他の巣箱から外したいくつもの幼虫箱から成っていて、そこに最高の種類の女王バチがいる。ところが女王バチの姿が見えなかった。幼虫箱を丁寧にひっくり返してみたが、無駄だった。最後に、巣箱の床の上に幼虫箱に敷かれている死骸が見つかった。これで謎が深まった。働きバチが、何かはっきりせぬ理由で女王バチの支配を拒否して殺害したのか、それとも、王座へのライバルが現われて、殺したのか？　捜索が再開され、遂に新しい女王バチが二匹の部下によって給仕されているところが見つかった。新女王は幼虫箱が入れられた時発見されなかった女王の巣穴で孵《かえ》り、巣箱の容赦ない掟に従って、先輩を殺したのだ。これを突き止めるのに時間がかかった。ここまで済ませたときには、果樹園でお茶を用意する音がして、再び彼の任務は中断された。

とどのつまり、予定していた五月礼賛の記事は全く書かれずじまいだった。しかし、どのような経緯で書かれずに終わったかについて記したこの記事も、代用品として役立つかもしれない。少なくとも一つの長所がある。バラから芳香が得られるように、教訓が得られる。

(On Being Idle)

2

ルーカス

Edward Verrall Lucas

1868—1938

N一字の差　上流社会での悲劇

一

『イーストベリ・ヘラルド』紙のただ一人の記者ハロルド・ピペットが植字工に渡した原稿より

わが社の特派員からの心楽しい報告によると、グロスソープ卿がおよそ一年前に引き払った、由緒あるチューダー朝の邸宅キルディン館に再び借主が見つかった。新しい借主は引退した銀行家(banker)マイケル・スターリング氏であり、近隣にとって尊敬すべき隣人となろう。

二

九月二日付け『イーストベリ・ヘラルド』紙より

わが社の特派員からの心楽しい報告によると、グロスソープ卿がおよそ一年前に引き払った、由緒あるチューダー朝の邸宅キルディン館に再び借主が見つかった。新しい借主は引退したパン屋(baker)マイケル・スターリング氏であり、近隣にとって尊敬すべき隣人となろう。

三

不動産業ガイ・ランダー氏より『イーストベリ・ヘラルド』紙編集長殿

テッドへ、今週の貴紙にはひどい誤謬があります。ただちにご訂正ください。キルディン館を借りたスターリング氏はパン屋でなく銀行家です。

敬具

四

『イーストベリ・ヘラルド』紙編集長よりガイ・ランダー氏へ

ガイ殿へ、もちろん誤植に過ぎません。ピペットは間違いなく「銀行家」と書いたのですが、植字工が誤ってnを落としたのです。来週訂正します。物分りのよい人なら、誰も気にしないでしょう。

敬具

五

マイケル・スターリング夫人より『イーストベリ・ヘラルド』紙編集長殿

拝啓、先週土曜日の貴紙における非常に重大な誤記に注目せずには居られません。キルディン館を借りた夫のマイケル・スターリング氏が引退したパン屋だと述べられています。これはとんでもない誤謬です。夫は引退した銀行家です。パン屋とは全く違います。夫は今は病気が重く、新聞を読めませんから、この中傷は今しばらくは夫の知るところとはなりません。しかし、それを知ったらどのような結果を招くか、思うだに恐ろしいことです。嘘を公にしたのと同様に訂正を大々的に報じる旨確約してください。

かしこ

六

『イーストベリ・ヘラルド』紙編集長よりマイケル・スターリング夫人へ

『イーストベリ・ヘラルド』紙編集長としてスターリング夫人にご挨拶申し上げます。ご指摘の誤植につきまして深甚なる謝罪を申し上げます。単なる誤植でありまして、意図的な誤記でないことにつきましては、記者の原稿が証拠として存在いたします。むろん、『イーストベリ・ヘラルド』紙の来週版にて訂正いたします。なお、記事にはスターリング氏が、近隣にとって尊敬すべき隣人だとも報じておりますことを述べさせていただきます。

七

スターリング夫人より『イーストベリ・ヘラルド』紙編集長殿

拝啓、中傷の原因が何であれ、悪意であれ、過失であれ、貴紙が残酷な行為をなした事実は変わりません。友人に送られたロンドンの新聞の切り抜きを同封しますが、今回の誹謗がいかに広まっているのかが分かります。主人は体が非常に弱り、意気消沈していますので、ひょっとすると気付いているのかもしれません。主人が事件を知ったら、あなたの立場は大変なことになりましょう。

かしこ

（同封の切り抜き）

『モーニング・スター』紙より

ご時勢

グロスソープ卿が由緒ある館をスターリングという名前の引退したパン屋に貸したという、イーストベリからの報道に新しい時勢が如実に現われている。

八

九月九日付け『イーストベリ・ヘラルド』紙より

訂正――先週号において遺憾な誤植があり、キルディン館の新たな借主が引退した「パン屋」であると述べました。もちろん、「銀行家」とすべきでした。訂正してお詫びします。

九

パン屋のジョン・ブリッジャー氏より『イーストベリ・ヘラルド』紙編集長殿へ

ヘッジズ殿、あなたのように見識もあり、私の友人でもある人が、パン屋について、今週のような書き方をするとは、驚き、かつ傷つけられました。なぜ「もちろん」銀行家の事だったというのですか？　引退したパン屋が、どうして立派な邸を借りてはいけないのですか？　私はそういうなあなたを恥ずかしく思い、貴紙への広告を取りやめます。

敬具

十

グリーナリ、ビルズ、スティーム製パン商会より

拝啓、最近の貴紙における製パン業者への無礼な誹謗の後では、広告を引き上げる以外には考えられない。よって、本日をもって打ち切ることとする。

敬具

十一

スターリング夫人より『イーストベリ・ヘラルド』紙編集長殿へ

拝啓、中傷の記事が流布するのを防ぐために充分な策を講じていないようですね。今

朝また同封したものを受け取りました。貴紙のお陰で、私たち夫妻が終《つい》の住処《すみか》になるよう希望していたキルディン館での古風な楽園は不可能になりました。このような門出では、新しい土地で落ち着くことはできません。

かしこ

(同封の切り抜き)

『デイリー・リーダー』紙より

民主主義の勝利

約二年間空き家であったグロスソープ卿の館がスターリングと言う名前の引退したパン屋に貸されることに決まった。

十二

マイケル・スターリング夫人から不動産業ガイ・ランダー氏へ

拝啓、私ども夫妻の名声と評判が地方と中央の新聞で貶《おとし》められた以上、キルディン館に住むことなど考えられません。各地の友人からの便りにより、嘘がそのまま残っているのが分かります。それ故、取引は一切終わりとします。

かしこ

十三

『イーストベリ・ヘラルド』紙編集長よりジョン・ブリッジャー氏へ

拝啓、お急ぎすぎですよ。人は出来る範囲で最善を尽くします。私が「もちろん」と書いたとき、皮肉のつもりでした。換言すれば、私は貴殿の味方でしたし、今もそうです。本紙の経営者はグロスソープ卿に義理があるので、今回の出来事の結果、私は解雇の通告を受けました。それ故、『ヘラルド』紙に拘りなく広告を継続されて結構だと存じます。

敬具

十四

『イーストベリ・ヘラルド』紙編集長よりスターリング夫人へ

『イーストベリ・ヘラルド』紙編集長は夫人に最後のご挨拶を申し上げます。今回の事件は過重労働で低賃金の植字工の無理からぬ不注意から生じたものであるのを再度確言いたします。私は過ちが生んだ不幸を心から遺憾に思うと同時に、引退したパン屋も銀行家も近隣にとって同じく大事な仲間だと思われるような日がくるのを待ち望みます。死後であれ引退後であれ、人全てが平等であると考えたいものです。スターリング夫妻に無礼な中傷でご迷惑を掛けたことを再度お詫び申し上げて、終わりといたします。追伸、記者だけでなく植字工も解雇されたとお聞きになれば、満足されましょう。

(The Letter N——A Tragedy in High Life)

ロンドン名物

あたしは動物園の象としては一番大きいほうです。何度も頷《うなず》く象ですの。どうして頷くのか、それは後で話しましょう。この癖は数年前に始まりました。あのね、あたしも段々年をとってきました。ここには一八七六年からいますから、もう随分になるでしょ？　つい先日も、セイロンからこの動物園に移って以来起きた色んなことを思い出していたのです。世の移り変わりには驚きます。あたしは世間で何が起きているか、ちゃんと聞いているのですからね。あたしが大きいとか、妙にそわそわしているとか、いたずらそうな小さな目をしているとか、そんな話の合間に、人々がその日の出来事をいろいろ喋《しゃべ》っているのが聞こえるのです。例えば、先週の日曜日なんかも、婦人参政権論者について色々聞きましたよ。一八七六年には婦人参政権論者の噂はあまり無かったですね。

聞くだけでなく、読みもしますの。新聞を落としてゆく人もいますし、飼育係から借りることもあります。読めるようになるのには、長い期間が掛かりました。でも今は読めます。最初は園内のどこにもある「懐中物に注意」という掲示の読み方を覚えました。昔からありますね。あなた方が見物に来てくださるあたしたち四足の動物は、懐中がないので、人間世界と違ってスリはいませんよ。あれ、カンガルーには懐中がありましたね、忘れていました。この掲示を勉強し、それから飼育小屋での喫煙についての掲示の意味を学びました。こうして少しずつ文字の読み方を全部覚えました。今では何でも楽に読めます。動物園に来る人もあたしみたいに読めるといいのですけれど。あたしの性別については、手摺《てすり》の前にある札にあたしが女性だとはっきり書いてあるのに、あたしのことで「彼女」という代名詞を使う訪問者は、一体どれくらいの割合だと思いますか？　百人中三人もいません！　ときどき面白半分に数えます。それが頭で頷く理由なのです。数えているのです。「彼、大きいわね！」と人は言います。「彼の可愛い小さな目をご覧よ」とか「彼にパンをあげてみる？」とか。もし教育がこの国でちゃんとなされていさえすれば、皆あたしの性別は分かるはずなのに。札にちゃんと書いてあるのですもの。

あたしは他のどの動物よりも長くいます。一八七二年にここで生まれた河馬を除けばですけれどね。でも動物園で生まれるっていうのは、つまらないと思います。あたしは初めはセイロンにいたのですよ。旅行者ね。いいですか、もしここから抜け出したとしたら、あたしならどうすればいいか分かります。でも河馬爺さんは分からない。諺《ことわざ》で言われるように、井戸の中のかわず大海をしらずっていうところかしら。

一八七六年にはあのチャーチルがたった二歳だったって、知っています？　考えてもご覧なさい。彼が小さな頭のよちよち歩きの坊やだったとき、あたしを見るためによく来ていたものです。何度も背中に乗せてあげましたよ。あたしの牙にパンを載せたり、あたしの背中に乗ったりした子供たちの将来がどうなったか、よく思うのだけど、覚えているのは、若くして高い位についたチャーチル坊やだけです。

動物園は昔からあるでしょ。とっても変わった人たちがあたしを見に来ます。痩せていて熱心な動物研究家、恋人たち、幼い甥を連れた伯父さん、あたしについての冗談を考える面白い人たち。あたしは一般公休日が一番好き。単純な人をびっくりさせるのが面白いから。一番嫌いなのは日曜日。だって、利口な人が来るから。学校の先生が最悪です、だってあたしについて講義したりするんですもの。飼育係も嫌っています。やたらに質問だけして、チップをくれないんですって。みんなあたしの体重をものすごく聞きたがる。別にどうでもいいじゃありませんか。「象に足のたこを踏みつけられたら大変だ！」ってジョークを何回聞いたことでしょう！　それから「鼻《トランク》」が「旅行鞄《トランク》」と発音が同じだからというのでつまらないジョークばかり聞かされて、耳にたこができてしまうわ！

(A London Landmark)

思いやり学校

ミス・ビームの学校の噂は随分聞いていたけれど、先週になるまで、訪問する機会に恵まれなかった。

タクシーの運転手が古めかしい壁にあいた門のところに車を着けた。釣り銭を貰うのを待つ間に、大寺院の尖塔が道を下ったところに見えているのに気付いた。呼び鈴を鳴らすと、門が自動的に開き、快適な庭園に出た。正面には赤い四角のゆったりしたジョージ王朝時代の家屋があった。この家屋のどっしりした白い窓枠を見ると、いつでも私は温かみと歓迎と安心を感じるのだ。見渡すと、眼帯をした十二歳ばかりの少女の他は誰もいなかった。少女は四歳ぐらい年下の少年に手を引かれて花壇の間の道を注意深く歩いていた。少女は歩みを止めて、庭に入って来たのはどういう人かと尋ねたらしく、少年は私のことを少女に伝えているようだった。それから二人は先に進み、私は家屋のドアを開けた。すると、にこにこした小間使――何と可愛いい人だろう！――が私が通るために押さえていてくれた。

ミス・ビームは予想通りの人物だった。中年で、威厳があり、親切そうで、物分りの良い人だった。髪は白くなり始め、体はややふっくらとしていて家が恋しい子供にはさぞ嬉しい存在だったろう。

彼女としばらく取り留めなく話し、それから、教育方針について、素朴なものだと聞いていますが、どうなのでしょうと質問した。

「そうですね、ここでは当然あまり教えるということは致しません。この学校にくる幼い少女は――少年もいますが少し年下です――正式な授業はほとんど受けません。勉強の習慣を身につけさせるのに必要なことだけです。それも基礎的なスペリング、足し算、引き算、掛け算、作文です。あとは本を読み聞かせるとか、絵を使っての講話ですね。その間生徒はおとなしく座り、両手を動かさないように注意されます。これ以外の授業はほとんどありません」

「でも先生の教育方針はとても独創的だと、いろいろ聞いているのですが」私が言った。

ミス・ビームはにっこりした。「ええ、今お話しますよ。学校の本当の狙いは思想を注入するというより、考え方、人間性、市民意識を身につけさせることなのです。これは以前から私の理想としていたことですが、幸い賛同してくださる親御さんがいて、ここで理想を実践しています。窓の外をちらっとご覧になりませんか？」

私は窓辺に行った。建物の裏手の大きな庭と運動場が見えた。

「何が見えますか？」ミス・ビームが聞いた。

「とても綺麗な庭と沢山の楽しそうな子供たちです。ただ心が痛むのは、全部の子供が健康で活発というわけではなさそうですね。さっきここに入って来たときも、目が不自由らしい子が手を引かれていましたし、窓から更に二人同じ悩みを抱えた子が見えます。他にも、杖をついた少女が子供たちが遊んでいるのを眺めています。生まれつき足が不自由なようですね」

ミス・ビームは笑った。「いえ、いえ、本当は障害はないのです。今日は彼女が足の不自由な子になる日なのです。他の子も盲目ではありません」彼女は言った。私はよほどびっくりした顔をしたに違いない。ミス・ビームはまた笑った。「そこに本校の方針のエッセンスがあります。子供たちに不運というものを充分に理解し、味わわせるために、実際に不運を体験させるのです。一学期に子供は足、目、口、耳などが不自由な子になる日を一日ずつ設けています。盲人の日には、目にしっかりと眼帯をつけさせます。名誉にかけて盗み見しないように命じます。眼帯は夜つけるので、朝起きたときから盲人です。それで、何をするにも、介護が要《い》ります。他の子供は、手伝い、手をとるように命じられています。盲人になる子にも手伝う子にも両方に勉強になります。

不自由な感じはないようです。周囲が皆とっても親切にしてくれますし、それに子供は一種の冗談として受け取るようですよ。それでも、もちろん、その一日が終わるまでに障害の現実がどんな思いやりのない子にもしっかりと感知されるようです。盲人の日が一番辛いのですけど、子供によっては、口がきけない日が一番辛いらしいです。その日は、口を塞《ふさ》ぐわけにはいかず、意志の力でだんまりを続けるのですから。では、とにかく庭に出て、子供たちに直接感想をお聞きになってください」

ミス・ビームは眼帯をした少女のところに私を案内した。明朗そうな子で、眼帯の下の目はトネリコの蕾《つぼみ》のように黒いだろうと想像できた。「あなたとお話したいという紳士がいらしたわよ」ミス・ビームはそう言って、立ち去った。

「こっそり見たりしない？」まずそんな質問をしてみた。

「いいえ、そんなことはしないわ」少女は大きな声で答えた。「そんなのインチキですもの。でも盲人がこんなに大変だって知らなかったわ。何にも見えないんですもの。何かにぶつかるんじゃないかって、いつも怖いの。座るとほっとするわ」

「みんな親切に手伝ってくれる？」

「かなり親切ね。でも、あたしの番になったらもっと気をつけてあげるわ。盲人の日を経験した子が一番親切だわ。目が見えないのって、すごく辛いわ。おじさんもやってみるといいわよ」

「どこかに連れていってあげようか？」私が言った。

「ええ、散歩に行きましょう。でもいろいろ説明してくれなくちゃならないわよ。今日が終われば、きっと嬉しいでしょうね。他の日は今日の半分も辛くなかった。脚を縛って杖をついて跳ぶように歩くのは、半分遊びだったわ。腕を縛るともうすこし厄介だわ。食べ物を切ってもらうとか、あるでしょう。でも大したことではないわ。それから一日中耳が不自由というのも、まあ大丈夫。でも、盲人というのは怖いのよ。実際には存在しないものにぶつからないようにしているだけで、頭がいつも痛いわ。今はどこにいるの？」

「運動場で、建物に向かっているところ。ミス・ビームが背の高い女の子とテラスを歩いている」

「その子何を着ているの？」

「青いサージのスカートにピンクのブラウスだな」

「ミリーだと思うわ。髪の色は？」

「淡い金髪だよ」

「やっぱりミリーだわ。あの子はクラス委員なの。とっても優しいのよ」

「バラの手入れをしているおじいさんがいる」私が言った。

「そう、ピーターよ。庭師よ。あの人、何百歳になるのよ！」

「赤い服を着た、髪の黒い女の子が杖をついてやってくる」

「そうね、ベリルだわ」

こうして歩いていったが、この少女の手を引きながら、私は自分がいつもの十倍くらい注意深くなっているのと、周囲のものが人に説明することで興味を増してくるのに、気付いた。

ミス・ビームがやってきて、私を案内役から解放してくれた時、私はもっと仕事を続けたいと言った。

「なるほど！　これで本校の教育方針が満更でもないと納得していただけたというわけですね」彼女が言った。

町に戻りながら、ブレイクの詩を、いつものように不正確ながら、口ずさんでいた。

他人の悲しみを見て
悲しくならずにいられようか
いやいやそんなことはあり得ない
決して決してありえない

(The School for Sympathy)

インタビュー報告

一　画の題名

「ひどくお疲れのようですな」私が言った。

「実はそうなのです」彼は溜息をつきながら答えた。王立美術院の内覧会でのことだった。「これでしばらく休めます。しばらくの間は終わりですからな」

「何が終わりなのですか」

「仕事ですよ。本格的に始まるのは来年の二月から。その頃から四月までは息つく暇もない忙しさです」そう言って、彼は手で額を押さえた。

「どういうお仕事か、伺っていいでしょうか」私が言った。

「結構ですとも。展覧会に出品する絵画に題名をつけるのです。カタログにある題名は私の考案したものです。例えば、これですが、一番うまく表現できたものです。『冬の川寒々と流れる』いかがです、悪くないでしょ？」

私は小声でつぶやいた。

「分かりますよ。お考えになっていることが。これなら難しいことじゃないから、画家自身が私の助けなしで命名できたろうとおっしゃるのでしょう？　しかし、それは違います。いやあ、画家にはできませんよ。絵を描く以外は何もできない人もいますからね。お分かりにならないでしょう」

「そんなものでしょうか」

「そうです。さあ、カタログの頁を繰ってください。ここにも私がつけたのが在ります。『バラの時』これは有名な詩からだから易《やさ》しいと思われるでしょう。でも、いいですか、この題名に辿《たど》りつくには、トマス・フッドの詩を知っているだけじゃだめです。丁度適切な時にそれを思い出さねばなりません。それが成功の秘訣です」彼は得意満面で輝いているようだった。「どうぞまた頁を繰って。『東と西』これは微妙な題名です。どうして『東と西』と呼ぶのだと思われるでしょうな。ご覧なさい。イギリス娘――西です――が、日本の扇子――東です――を持っているでしょ。このようにうまく行くとは限りません。詩の一行が常に役立ちます。描写に向いた句がいいですね。例えば、

『好敵手』、『春の到来を待つ』、『危機に瀕した林』、『自然の眠れる時』、『嵐来る』、『太陽と陰』、『じっと待つ』、『農民の娘』、『いにしえの平和の里』など」

彼はそこで一息ついて、私を見た。

「自然にそういう題名が頭に浮かぶように思えるでしょうな。でもそれは見せかけです。かなり努力しないと、出来ません。よく『書くのに難儀すれば、読むのは楽』とかいうでしょ？　絵画の題名を考え出すのも同じですよ。造作もないと思われるでしょう？　苦労して生み出されるからこそ、そう思えるのです。その才能を一体どう説明したらいいでしょうか。神秘的ですよ、確かに。親切な友人は天分だなんて言っています。とにかく、誰にでもできるものではありませんな」

「謝礼が努力に見合っていればいいですが」私が言った。

「それが、いつも見合うわけではありません。大体、見合うはずがありませんよ。スタジオまで来る費用、タクシー代など、ありますが、それだけではなく、頭も心も消耗しますからな。まあ、どうにか暮らしています」

二　商品名

雑用係のボーイか誰かがやるものと私は思っていた。でも違う。専門の企業になっている──それも有力企業になっているのだ。

私はそれを駅で知ったのだった。そこの広告で、ゴム糊の瓶の絵の上にあった、ぞっとするような不快な「ファースト・フィックス」(すぐくっつく)という文字が私の目を否応なしに捉えたのであった。

フロックコートに山高帽のほっそりした男が、丁字《ちょうじ》の味のする朝食を取ったと分かる息をただよわせながら私の側に立った。

「私を見たのでは、そう思われないかもしれませんがね」その男は言った。「あなたが感心してくださっているあの言葉は私が作ったのです。まあ、感心なさるのも当然だと思いますがね。私が発明したのです」

「なぜです？　他にすることがあるでしょうに」私が言った。

彼は心を傷つけられ、困惑した様子だった。

「私の職業ですからね」彼が言った。「生業《なりわい》にしています。会社を持っています。有名ですよ。一流会社が依頼してきます。例えば、液状羊肉《マトン》を売り出すとしますね——」

「まさか!」私が大声で言った。

「いや、仮にそうしたらという話ですよ。売り出すことになり、商品に名前が必要になると、私のところに頼みにきます」

「自分でつけたらいいじゃありませんか」

「自分で! そんなこと、どうしてできましょう。特別の才能が要《い》ります。一つ、試しに、つけてごらんになったら」

「そうですな」私は一瞬考えてから言った。「ええと、ええと、例えば……しかし、そもそも私はそんなものを売り出しませんからね」

「ほらご覧なさい。分かっていましたよ。途方に暮れて、私に依頼するんです。十ギニーの謝礼を頂きますが、その代わり、あなたは名前を受け取り、財を成すのです」

「で、どういう名にしますか」私は思い切って尋ねた。

「たしかな所は分かりませんが、そう、『シープ・オー』かな。結構いい名ですよ、これでも。あるいは『フロック・ヴィム』(群の活力)とか、あるいは『マト・フォース』(羊肉力)というのもいい」

私は列車が早くこないかと切望した。

「この仕事をどう思われますか? どういうふうに命名するのか、思考過程を一つ教えて頂けませんか」

彼は謙遜するように笑った。「命名には随分時間と精力を使ってきましたよ。もう何年も他のことは何もしていません。常にアイディアを探し求めています。アイディアは奇妙な時に、奇妙な場所で、ふいと浮かんできます。ベッドとかバスとか列車とか……」

「あれは?」

「ファースト・フィックスですか? あれは一瞬でした。会社が新しい接着剤を売り出すというので、すぐにも名前が要ると頼みにきました。時間がありませんでした。両手に頭を埋めて数秒考えましたら(いつもの習慣です)、突然『ファースト・フィックス』が頭に飛び込んできました。依頼人は喜びましたよ」

「FをPHと書くのが広告の流行でしょうか」私が言った。

「そうです。私が流行を作りました。その方が迫力が増すでしょう? FAST-FIXではぜんぜん気がきいていません」

私も同意した。

「特別に霊感を受けて命名したのを、もっと話してください。『ファースト・フィックス』並みに成功したのはありませんか？　いや、それは無理かな」

「そうですね。そうだ、新発売の万年筆の名があります。この場合もやたらにせかされました。でも幸い、手持ちがありました。万一に備えて、普段からいくつか取ってあります。で、すぐに命名できました。『ライ・ティージ』(楽に書ける)です。広告ご覧になったでしょ？」

(「見なかったかな？」)

「あれは大変な成功を収めました。いいペンでしたしね。でも何といっても命名がいい！」

「変わったのはありませんか？」

「あります。今お話しするところでした。新発売の靴墨の会社の依頼でした。飛び切りいい名前を是非と頼まれました。命名しましたよ。つい昨日、会社の総務担当役員が訪ねてきました。私の命名の文書が読みあげられた時、役員会の全員に――みな真面目な実務家なのですが――震えが走ったそうで、商業の歴史に新時代を画したそうです」

「そうでしたか！　で、何と命名したのですか？」

「名前ですか。あれは私の最高傑作でしたな。素朴で、力強くて、瞬間に分かり、目に焼きつく造語でした。『シャイン・オー』です」

「そうですね。それにかなうものはないでしょう。おめでとうございます」

こうして彼と別れた。

あの液状羊肉を売り出せば、一体儲《もう》かるのだろうかと考えた。

三　職人芸

その男と私は、同じ時刻に飲物を飲んでいたという以外には、何一つ知り合う切っ掛けなどなかった。それも一つの絆《きずな》かもしれない。彼はすぐには口を開かなかった。実際、そこに一人の小男が急いで入ってきて、飲物を受け取り、何もいわずに代金を置き、無言で飲み、また出て行ったということがなければ、恐らく沈黙したままだったろう。

「あの人の職業が何か、百回推測しても当たらないでしょうな」彼が言った。

私はすぐ降参した。筋肉を使わぬどんな職業であっても不思議ではなかった。となるといくらでも種類がある。保険外交員かもしれないが、それにしては慌てすぎるし、無口だ。ブローカーかもしれないが、それにしては連れがいない。安直な眼科医かもしれないが、こんな時間に暇というのはおかしい。そう考えて降参したのだ。

「彼は手品師です」彼が言った。「舞台でやるのじゃなく、パーティーとか男だけの集会などが出番です」

私は少し驚いたり、納得したりしたのを態度で示した。

「人が様々な仕事をしているのは面白いですなあ。あらゆる職業がありますからな。私はよく何時間も座って、人々を眺め、どういう職についているのかを考えるのですよ。時にはすぐ見分けられることもあります。例えば大工。ズボンに物差しを入れるポケットがついているので分かります。弁護士の書記はそれらしい態度をしています。馬は人間に痕跡を残しますから、御者は平服でもそれと知れます。しかし、見当もつかないことも多いですな」

「そうですね。シャーロック・ホームズでもない限り当たりません」私が言った。

「しかし、ホームズでも分からない職業がありますよ。この私の仕事は何だと、ホームズが判断するでしょうか?」

これには困った。普通の職人だが、少しばかり知的な要素もある。小柄な青白い顔の男で、髪は白髪混じりで、こざっぱりしている。だが服は古びている。膝のところが光り、だぶだぶしているので、膝を折るのが多い職種であろう。それ以外にはヒントとなるものがなかった。

「これも降参です」私が言った。

「お教えしましょう。あなたは見知らぬ方ですから。私は虫食い穴師でしてね」

「虫食い穴師?」

「そうです。家具に虫食いの穴を開けて、値段の張る骨董品に見せかけます」

「これは驚きました! むろん、そういう話は聞いたことがありますが、その専門の方に直接お目にかかるなんて、思ってもみませんでした。どのようにするのですか?」

「穴自体を作るのは難しくありません。問題は本物らしく見せることです」

「家具はどうなりますか?」

「主としてアメリカ向けです。あちらではイギリスの昔の物が好まれましてね。古ければ古いほど人気が出ます。チューダー朝のものと保証されれば、値段はいくらでも上がります……わが社の家具は皆鑑定書つきです」

「良心の呵責《かしゃく》はありませんか」

「ありません。そう今はありませんな。以前は少しありましたがね。アメリカ人は掘り出し物だと歓喜していますから、失望させては気の毒ですよ。今ではアメリカの恩人のつもりです。私は夜目覚めて——よく寝られないたちなのです——アメリカの収集家が私の作った宝物で大喜びしているのを考えることにしています」

(The Interviewer's Bag)

鹿《ろく》苑《えん》

先週随分久しぶりに、幼時に訪問した鹿苑を訪ねることが出来た。変化したのは私の方だけだった。昔と同じ美しい鹿が、様々なぶち模様で、小さな群をなして草をはんでいた。よそ者が近づくと、動かずに立っているのもいれば、広い野原や、街路の樹木の中を、鹿特有の臆病な好奇心を示しながら移動するのもいる。太陽が厚い雲の隙間から照っていて、鹿の柔らかいぶちが輝いていた。数頭が群で移動すると、燦然と光り輝き、静かに燃えているようにさえ見えた。

時々大きな角の生えた年配の雄鹿が現われる。巨大な角なので、本人のものでなく、ジェスチャーゲームで演じるために借りてきた頭飾りのように見える。雄鹿は王者の風格を見せて、一つの群から別の群へと移ってゆく。時々子鹿がピョンピョンと母鹿のところに駆け寄る。足があまりに華奢《きゃしゃ》で美しいので、歩行には向かず、装飾用ではないかと思ってしまう。若い雄鹿間の堂々たる争いが二度あった。角が恐ろしい勢いでぶつかり合い、槍が盾に当たるような音を立てた。

この争いは攻撃と逆襲が面白いだけでなく、年長の雄鹿たちの振舞いも見物である。見ていると二頭がすぐ現われた。非常にゆったりと緩やかに寄ってきたのだが、レフェリーをするため、あるいは、必要に応じて割って入るためと、しっかりした目的をもって見ていた。二つの争いは半マイルはなれた場所で行われたのに、ほとんど同じような争いだった。二つ目のほうが面白かった。一、二度レフェリーが介入することになったし、一度、片方の鹿が、猛烈な剣幕で襲い掛かり、相手を川まで追いかけ、高い土手から突き落とし、川に飛びこんでまで喧嘩を続けた。こういうもの全てを私たちは綺麗な街路のライムの木の下に座って眺めた。座っていて思い出したのだが、まさにこういう音——角と角のぶつかり合う音——を僕らは昔子供だったとき、鹿苑の門近くの小屋に泊まって、何度も聞いたことがあった。あれ以来聞いたことはなく、こんなに長く忘却のかなたにあったのに、次第に意識の表面に浮かび上がって、段々聞き慣れた音になってきた。

鹿苑の鹿の一生がどういうものか、私はまるで知らない。尋ねる人もいなかった。だが、もう三十五年以上前のことだから、今目の前にいる、美しく愛らしく、ほとんどこの世のものと思えぬほど繊細な動物が、子供だった私たちをわくわくさせた鹿たちと同じ筈はない。しかし、先に述べたように、変わったのは私だけだった。私以外はすべてが昔のままだった。歩道、ライムの木の街路、未だに始終修理が必要な樫の囲い、昔は怖かったのに今はただ薄汚いだけの大きな屋敷、ヨーロッパアカマツの傍らの教会、道の赤い砂、鉄板に豚の浮き彫りのある飾りが目立つので記憶している、教会の隣の一風変わった家――みな同じだ。だが、何にもまして、鹿が昔と同じなのが印象的だ。昔と同じく妖精のようで、見ていると心が踊る。昔と同じく、神秘的な動き方をする。私が、子供の時以来今日まで鹿をみる機会が殆ど無くてよかったと思った。特に、まだらのある鹿は一度も見なかった。今日の驚きと歓喜の感動を新鮮に保つため、今後しばらく又鹿を見るのは、やめておこうと思う。

イングランドに鹿苑が沢山ある――十分というのには程遠いけれど――ことを考えると、鹿を見ることが、普通人の生涯の中でこれほど画期的な出来事であるのは注目に値する。鹿苑と聞くだけで、私の脈拍は速くなる。今後もそうでありたいと願う。動物商人のジャムラックやクロスから鹿を購入するとすれば、番《つがい》でいくらするのかと考えながら、帰宅した。しかしすぐにその気はなくなった。自分で飼うよりも、もっと手の届かぬ所にあるべきだ。鹿を見るのは、常に特別の出来事でなくてはならない。鹿苑の近くに住む村人を気の毒にさえ感じた。あまり見過ぎて、過ぎたるは及ばざるがごとしになるだろう。

子供、いや一部の大人にとって、記念すべき出来事になる動物として、私が鹿の他に考えるロマンチックな生き物は孔雀《くじゃく》である。滅多に無い事だが、私は時々どこかの館に行くことがある。金色に塗った家具と先祖の肖像画を目にしながら部屋から部屋に移動するのは、それだけで胸の踊る経験だったが、もっとも印象的な眺めは菱形窓から時々見えるテラスの壁に留まる孔雀の青い胸だった。私はロンドンに引越し、キュー国立植物園に毎日曜に出かけるようになるまでは、生涯で十羽の孔雀も見たことがなかった。そして今はまた、普段だと一年に一度すら見ないようになった。ところが少し前に田舎の古い家に住む詩人を訪問し、そこで多数の孔雀を見た。彼らは誇らしげに気取って庭を歩き回り、壁や鳥小屋の屋根の上に留まっていた。相互に鳴きあい、羽を広げた。死んだ一羽が剝製になって玄関で青く光っていた。

私は孔雀が花を台無しにするという お定まりの話題を持ち出した。

「私には、孔雀が花ですよ。孔雀と花と両方を持つのは無理ですから、私は孔雀を選びます」と詩人は言った。

私の思い出の鹿苑を数十年振りに訪ねた後、一マイル半歩いて市場のある町に来た。ここで昔最初の弓矢を買ってもらった小さな玩具とキャンデーの店を探してみたが無駄だった。どこにあったか覚えていたのだが、店に代って新しい大きな建物が立っていた。弓矢を買ってくれたのは独り者の訪問客の一人だった。こういう人は、僅かな金額で、子供の世界に輝きを与え、この世を天国に変える魔力を持っているものだ。最初の弓矢を再度入手できないのは辛い悲劇の一つである。

(The Deer-Park)

二人の金持

「この話をするのは、威張るためでないし、気取るためでもないんだ。単にこれから語る出来事の前置きだよ。実は先日乞食に半クラウンのチップを与えた」

この印象的な出だしの文句を聞いて、皆、耳をもっと真剣に傾けなくてはと思い、姿勢を正した。半クラウンなんて、大金をやったもんだな。

「可笑しな経験だったよ。もっとよい解決法がありえたのかも知れんな。だったら後で考えを聞かしてくれたまえ」

皆何か呟《つぶや》いた。つまり、たいていの場合我々は、他人のしたことについて、ああすべきだったとか、こうすべきだったとか、そんな話ばかりして過ごしているものだと言いたかったのだ。少なくとも、私自身の場合はいつもそうだ。

「こんな具合だったのだ」彼は語り出した。「日帰りでロンドンに行ったのだ。最初にイズリントンに行く用事があった。イズリントンという土地については『彼は役人の娘を愛した』とかいうバラッドしか知らなかった。そこでリヴァプール通りでタクシーを拾って、運転手に会社の住所を告げた。ロンドンの交通の奇跡がその時も起きて、ちゃんと目的地に到着した。だが、例によってタクシーのドアを開けるのに苦労していると――このタクシーには内側のドアの取手がないし、運転手は外に出て開けようとしないのだ――男が現われて開けてくれた。

男はそれと同時にマッチを一箱要《い》りませんかと言って差し出した。思わず男を見詰めることになった。私は心優しい気前のいい人間じゃないんだが」

「そうかね」という皆の声があがった。

「流石《さすが》の私でもこの男の様子を見ると心が痛んだ。とても落ちぶれていた。何とも言えぬほど惨めで、体は骨と皮ばかりで、やつれ切っている。中でも目が一番いけない。その目のせいで私はチップをはずもうという気になったよ。目の奥に哀願があった。それも、正常に機能している社会では、人が他人の目の中に見るべきでないような卑屈な悲しい目付きなんだ。あれには参った。

もちろんチップをやらねばならぬわけで、ポケットに手を突っ込み、たまたまコインが一個しかなかったので、それを取り出して、男に進呈した。何と半クラウン銀貨だった。

それに気付いたときには、私自身驚いてしまった。私が驚くくらいだから、彼のほうは度肝を抜かれた。せいぜい一ペニーを期待していただけに、大金をもらって喜びのあまりどうしてよいのか分からなくなる程だった。心を鎮めようとしてか、近くの家の戸口に急ぎ足で身を隠し、大金をどう使うか最善の方法をあれこれ考えていた。

私はというと、タクシー代――二シリングだった――を払おうと思って、札入れを取り出そうとした。ところがない。家に忘れて来たのだ。所持金ゼロだった。乞食に全部やってしまったのだ。さあ、どうする？　皆ならどうした？」

「私なら、これから訪ねる建物に入り、タクシー代を借りただろうな」私が言った。

「私もそうしようと思った。ところがそこは閉まっていて、誰もいなかった」彼が答えた。

「僕なら、運転手に名刺を渡し、後で郵便で代金と心付けを送ると約束しただろうな」別の者が言った。

「名刺はなかった。名刺とお札は同じ札入れに入っている。名刺はいつも入っている。一方紙幣はじきに無くなってしまうがね」彼が答えた。

「わけないよ。懐中時計を質にいれればよかったんだ」別の者が言った。

「いや、それは出来ない。私の時計は大事だからな。人からの贈物なのだ」

「それじゃあ」と私が言った。「タクシーに戻って、君の知人で金を貸してくれそうな人がいる一番近いところに行くように言ったらいい。どの道、タクシー代以外にも金がなくちゃ困るんだから」

「その通りなんだがね、運転手に頼んでも聞き入れない。あの連中って、自己中心的なところがあるだろう。自宅が近くだからか、それとも、運転手というのは時間外れの食事がしたくて我慢できなくなるらしいのだが、そんな事情で、いやだと言うのだ。それから、彼は運転席からようやく出てきて、喧嘩を売りかねない顔つきになった。それは具合が悪い。混んだ大通りで運転手と喧嘩するのは、是非避けたかった。で、どうしたらよかったと思う？」

「まさか乞食に半クラウンを返せと言ったのじゃないだろうな」誰かがおずおずと言った。

皆体を乗り出して息を詰めた。

「そうしたんだ。それしか道がなかったのだ。彼はまだ戸口にいて、居酒屋が開店したらどうしようかと夢みていた。私は近寄った。あの時くらい恥ずかしかったことはないな。三十年振りに借金した」

驚きと不信の声が上がった。

「嘘じゃない。ずっと何とか借金しないでやってきたんだ。それを誇っているんじゃない。今の話と関係があるから言っただけだ。で、彼のそばまで行って『申し訳ないんだが、さっきの半クラウン返してくれないか』と言った。

彼の顔に浮かんだ表情は忘れられないよ。恐怖と驚きと苦痛が混じった表情だったのだ。

わけを話した。すると、かすかに微笑らしいものが彼の口元に浮かんだように思えたな。そして、しばらくすると口を開いた。

『もちろん、結構ざんす。困ってる人を助けるちゅうのは、いい気分だし。金がないっていうのがどういうもんだか、経験あるし』彼はこう言って、半クラウンを返してくれた」

「いい奴だな!」皆が言った。「で、それから?」

「ちょうど別のタクシーが通りがかった。その運転手は私の懐具合《ふところぐあい》を知らなかったわけだ。銀行に大急ぎで行くように言った」

「乞食は?」私が聞いた。

「おや、言わなかったかな? むろん、タクシーに乗せて一緒に行ったよ」


(Two Financiers)

巣作り

一

ツグミ妻：あのサンザシはどう？

ツグミ夫：あれは駄目だよ。他から孤立しているだろう？　すぐ人目につくもの。日曜日の午後に少年たちが話しているのが聞こえる。「おい皆、あそこの木にきっと鳥の巣があるぞ」　そうなったら逃げられないよ。日曜日の午後の少年たちがどうするかって、君も知っているじゃないか。去年のことを覚えているだろう？　この郡きっての卵を盗まれたたな。

妻：やめて、やめて、やめて！　耐えられないわ。どうして思い出させるの！

夫：まあ落ち着け。他に提案あるかい？

妻：じゃあ、豪邸の灌木の月桂樹はどう？

夫：いいね。問題は猫だ。

妻：ねえ、あなた、あなた一人で探してくれるといいんだけど。だって、あたし（恥ずかしそうに）もうそろそろなのよ。

夫：いつも言っているように、僕としては、大きなクロイチゴの木の真中に勝《まさ》るものなしだという意見だ。垣根の一部でも、共有地にあっても、それはどっちでもいい。大事なのは、真中にあることだ。真中にあれば、人に見られても構わない。誰にも届かないからね。

妻：じゃあ、それにして。とにかく巣作りは急いでくださいね。お願いよ。

二

ミソサザイ夫：ねえ君、今年はどこにする？「モミの木屋敷」の巣箱の一つか、それとも野外生活愛好家のあのジャーナリストが住んでいる「牧草地展望邸」の郵便受か？それとも、律儀《りちぎ》なミソサザイらしく自分の手で巣を作るか？

ミソサザイ妻：あなたに任せるわ。あなたの好みでいいわよ。

夫：いや、君にも手伝って欲しい。どれを選ぶか、それぞれの長所と欠点を言うからね。

妻：ええ、そうして。あなたって、頭の整理がよく出来ているのね。

夫：じゃ、聞いて。巣箱を使えば、何の面倒もない。作る苦労なしだ。その代わり、訪問者が毎日覗き込んで、卵や雛をいじり回すのを我慢しなくてはならない。郵便受を使えば、内部は自分で作ることになるし、人間がうるさい点は巣箱の時と同じだ。その一方、僕らは有名になり、新聞に出るだろうな。「サリー州の注目すべき鳥の巣」とかいう見出しが見えるようだろう？「一つがいのミソサザイがふわふわした羽毛の雛を育てるのに奇妙な棲家を選んだ」とか記事が続くわけだ。

妻：それも結構たのしそうね。

夫：最後に、自分の手で作る巣だな。少年たちだの鳥類学者だの通常の危険は避けられないが、とにかく自分らは人の世話になっていないという誇りは保てる。さあ、どれがいい？

妻：そうね、最後の案が一番だと思うわ。

夫：了解。勇気ある雌鳥らしい発言だ。ではすぐに場所探しを始めよう。

三

ツバメ夫：くたくたになるまで、都合のいい軒《のき》のある家を全部調べてみた。
ツバメ妻：それで、どこが一番いいと思う？
夫：いや、それがね、選ぶのが難しいのだよ。領主館があるだろう。あそこから検討したのだ。あそこなら落ち着ける。でも池がかなり遠い。あんな距離を泥運びするのはひどくくたびれる。それでも、がっちりした家で、邪魔されそうもないな。
妻：住んでいる人はどうなの？
夫：奇妙だな、君はいつもそんなことを気にするんだから。でも大丈夫だ。地主と奥さんと付き添いがいるだけのようだ。
妻：子供はいないの？
夫：一人もいないな。
妻：それじゃあ領主館は気に入らない。別のとこを挙げてみて。
夫：つまらぬ感傷だな。でもいいや。次のは牧師館だ。
妻：そこには子供はいるのね？

夫：いや、いないんだ。でも池にずっと近い。
妻：次は？
夫：農家だ。綺麗な家で、池もすぐ近くにある。必要なものは揃っている。それから大勢家族がいる。安全な軒もあるし。
妻：子供は？
夫：小さな女の子が一人いる。
妻：赤ちゃんのいる家はないの？
夫：僕らに役立ちそうなのでは一軒だけあるよ。でもひどく貧しい家庭だ。不恰好な家だ。
妻：赤ちゃんは何人なの？
夫：生まれたばかりの双子と、一歳、二歳、三歳の赤ん坊がいる。
妻：そこに決めましょう。
夫：夜なんか大騒ぎすると思うよ。
妻：いいから、そこに決めましょう。

(The Builders)

集団攻撃

自分本位で、いい気になっている富豪の奥方を口説いて、邸の樹の下に咲き乱れている可憐な青い花を少し根分けしてもらうなんて、出来っこない、と言う者がいた。こんなことが賭けの対象になるのも、メリディアン夫人を一目見ればすぐ分かるように、単刀直入に「分けてくださいませんか」などと切り出す勇気は誰にもないからだ。

攻撃隊は、私が泊めてもらっていた友人夫妻と私の三名。友人たちを仮に「父」と「母」と呼んでおく。三人に共通の友人が上記のような賭けを仕掛け、賭け金は一シリングだった。

「何てきれいな花でしょう」と父が攻撃を開始した。「一度も見かけたことはありませんね。育てるのはむずかしいですか?」

「いいえ、放っておいてもいいくらいですわ」とメリディアン夫人が言った。「そう言えば、私の花は大体そんなふうに育っていますのよ。どうして、こんなに灌木や草花に好かれるのか、私自身では分かりませんけれど、私にはよほど魅力がありますんでしょうね、ホホホ」

「このお花、私どもの庭でしたら、どうなりますかしら？」と母が加わった。

「そうざんすね。おたくの土は何かしら？　粘土じゃございません？　それでは、とても育たないと存じますわ。宅のは砂の混じったローム土ですの。こんなよい土って、他に無いんじゃないかしら」

「粘土で育ててみるのも、面白い実験じゃございません？」と父が言った。「花っていうのは、実際に育ててみませんと、結果が分からぬものですからね。以前のことですが……」

「私のハナショウブをどう思われますか？」夫人が聞いた。

「とても綺麗ですわ」母が答えた。「でも、あの青いアネモネですけど、あれは種からですか、それとも球根から育てられたのですか？」

「はっきりしませんのよ。とにかく、花が私にくっついてくるのです。花を相手にするとき、私は微笑みかけるだけですわ」

夫人はそう言いながら我々に向かって微笑した。

「ねえ、あなた、家の朝食の部屋の窓の下に色彩豊かな花が繁っていたら、どんなに素晴らしいかと思わない?」母が父に言った。

「本当に素晴らしいだろうな」

「あそこに是非いい花が欲しいわね」

「そうだね」

会話がしばらく途切れた後、今度は私が口を挿む番だろうと思った。

「このアネモネを品評会に出すとしたら、どのようになさいますか? 土の一部を盛りますか? それなら簡単に移植して、他の植物を傷つけることもないでしょう」

「品評会に出したことはありませんわ。ここにあるから輝いているのです。大体、私は植物を自然の環境から切り離すのに反対ですわ。庭師のシンプキンズが、リンゴでもペポカボチャでも、出品したいのなら、したっていい。私は反対はしませんよ。でも、私は花の品評会は下らないと思います」

「おっしゃる通りですわ」母が言ったが、私は慌てて賛成するのはまずいと思った。

「下らないことですな。しかし、競い合うという刺激があってもよろしいでしょう。羨むのも、役に立つことがあります。例えば、奥さま、私たちは、お宅にこんなに沢山青い花があって、羨ましいです。ね、君もそう思うだろう？」父が言った。

「そうよ、あなた。とても羨ましいですわ」

しかし、この正面攻撃も無駄だった。

「驚くにはあたりませんわ。見知らぬ方が遠方から見にいらしていますもの。番小屋で見せてくださいとおっしゃいます」

「もちろん、どうぞとおっしゃるのでしょう？　心の広い方ですから」私が言った。

「お断りはできませんもの。お断りするなんて、よくありません。私は自分が花の持主でなく、受託者だと考えています。自然愛好者と美しい花との関係を邪魔するなんて、そんなことは出来ませんわ」

また沈黙があった。

「まだ花の名前をお聞きしていませんでした」父がメリディアン夫人に言った。「苗屋に名前を言って取り寄せようと思います」

「名前は存じません。ここにしかないのかも、しれません。家では『メリディアン・ブルー』と呼んでいます。苗屋に注文しても無駄でしょうね」

「これは、これは！　残念ですな。奥様、特別の花をお持ちでいらっしゃるのにおめでとうと申し上げます」

勝負はついたのだが、母はまだ頑張った。

「ヒマラヤスギの向こうにばらばら伸びている若葉がありますね。陰になっていますわ。抜いて、光が照るところに移植させれば、そこにまた繁茂して、目を楽しませるのではないでしょうか?」母が言った。

「花が好きなようにさせるのが一番ですよ。知覚能力のあるなしに関係なく、私は誰の自由も阻害するのに反対です。もっともこの花のことを知覚能力がないなんていうのは、馬鹿げていますけれど」

「もちろん、彼らは、私たちが今話し合っていることを、考え、感じ、知ってさえいます」母が言った。

「彼らは仲間同士で話し合い、訪問者がどういう庭を持っているのだろうかと考えていることもありましょう。その庭を見たがっていて、そこに移ってみようかと話しているかも知れません。ねえ、君はどう思う?」私は父に聞いた。

「充分考えられるね。いずれにせよ、花が一生一つの場所に限定されるべきだとは思わないよ」父が言った。

「私のアネモネがここで幸福でないとおっしゃりたいようね」夫人はいくらか険しい言い方をした。「大丈夫、幸福ですわ。それがどうして私に分かるのか、知りませんけど、とにかく分かるのですよ。アネモネの一本でも、どんな条件を出されても、人に差し上げません」

私は父を見、父は母を見、母は私を見た。

「負けた」私が囁いた。

「そうそう、メリディアン夫人はお疲れになったでしょう。もうおいとましなくては」母が元気よく言った。

こうして我々は夫人と別れた。

「悪い人たちじゃないけれど」その夜夫人が夕食の席で連れ合いに語っているのが私には聞こえるような気がした。「私のアネモネを根分けさせようという考えに取り付かれているのよ。こんな平和に満ちた庭園にまで、革命的な考え方が侵入してくるなんて、とても不思議な話だわ」

一シリング取られた。

(Massed Attack)

3　リンド

Robert Wilson Lynd

1879—1949

時間厳守は悪風だ

「時間厳守というのは、イギリス人の場合には習慣以上のものになっている。悪風である」とアンドレ・モーロア氏が言っている。手厳しい批判だが、厳密に道徳的な観点からみれば、多分真実であろう。厳密な道徳家、少なくともピューリタンにとっては、あらゆる種類の自己耽溺は悪習であり、時間厳守が一種の自己耽溺であるのは疑いようがない。怠惰と面倒を避けたいという願望に根ざしているのだ。イギリス人は、諸民族の中で一番怠惰な民族であるから、もし時間厳守を守っていさえすれば、多くの余計な仕事や心配から免れると知って、時間厳守の教義を説き出したのである。ひどい自己中心主義の分派にすぎない。言うまでもなく、イギリス人はそれを美風だとして賞賛したのであった。その偽りを、より論理的な大陸の道徳家が見破ったのである。

時間を守らない人が、精力と忍耐心において時間厳守の人に勝っているというのを否定しても無駄である。時間を守らぬ生徒でさえこういう点では、同年の時間厳守の生徒の模範となる。十四歳の時間厳守の生徒にとって、どんなにやすやすと一日が過ぎて行くことか！　彼は、市内電車が線路に乗って滑ってゆくように、気楽に一日を過ごす。朝食に間に合うように食卓につくから、太陽が暖かくなる前に、たっぷりとお腹につめこむことが出来る。食卓からほどよい時間に離れるから、怖い先生に叱られる恐れなどなく、のんびりと学校に向かう。天真爛漫《らんまん》なピッパよろしく校門を通り、教室で始業ベルの鳴る前に席につき、気難しい先生から、暖かい目で見てもらえる。こうして彼の一日は、努力せず、注意せず、精神的に怠惰に（と私は思わざるをえないのだが）過ぎてゆく。

これと比較して、時間を守らぬ生徒の一日は必死の努力の連続である。まずベッドから起き出すために、時間厳守の友が事も無げにやった起床に精力を使って、やっとの思いで起き出す。食卓では、また遅刻して睨《にら》まれるだろうと気にして、全部食べるには何秒あるかを計算するのに頭を使いながら、慌てて食物を詰め込む。結局、彼は聖人や禁欲主義者と同じく、半人前の朝食しか取らずに、家から転げ出て、ドアをまるでスポーツ選手かと思うように乱暴に閉める。通りを走る彼を眺めるといい。時間厳守の友にはっきりと見られた怠惰な様子は全くみられない。はあはあと息を切らせ、顔は紅潮している。足を進める一歩一歩が最善を尽くしていて、学校の名誉のために一点でも奪取しようと頑張る選手と見間違う。彼は最善を尽くし、学校に遅刻しないようにと夢中であるため、市内電車に乗ってから、靴紐を結ぶ余裕もなかったのに気付く。校門に着くと、運動場が空っぽで、始業ベルがもう鳴ったのが分かる。教室では、いかなる勇者も平然とは対抗できぬ恐ろしい叱責が待っているのだ。でもその試練に雄々しくも立ち向かう。時間を守らぬ生徒は、一日の間に時間厳守の生徒の二十倍も力を振り絞らねばならないのを、鋭敏な観察者なら気付くであろう。彼はものすごい精神力を発揮して一日を送るのだから、あのサミュエル・スマイルズに賞賛されていいはずだが、実際には賞賛されない。私の学校の担任はサミュエル・スマイルズと同意見だった。先生は、遅刻した生徒を萎縮させる言葉を口にするとき、机から顔をあげさえしなかった。それを聞くと、私には今後改めようという気力がすっかり失われた。冷たい声だった。「授業時間に間に合わないのなら、顔など一切見せないでくれたまえ」これが美徳の報《むく》いだった。クラスの他の生徒には出来ないような、あるいは他の生徒が真似しようと夢にも思わないような努力をした報いがこれだった。

時間厳守の人は、時間を守らぬ者が経験することについて、まったく想像できないと思う。どんなに体力を消耗させ、どんなに胸をどきどきさせるか、見当もつかないだろう。遅れるのが好きで遅れているのだと考えているようだ。しかし、遅刻したことで誰よりもひどい目に遭うのは、遅刻者なのである。中年男が卵を半分だけ食べて、町への電車に間に合うために四分の一マイル走るなんて、楽しいはずがない。自分の安楽を思い、できるだけのんびり一日を送ろうと考える人は、そんなことをしようと思わない。時間を守らぬ者は、子供のとき最小の努力で生きてゆく方法を身につけるだけの狡《ずる》さがなかったおかげで、大人になってから苦労するのである。

時間を守らぬ者は身勝手だとよく非難される。芝居によく行く人たちは、客席に遅れてくる者は、本当に身勝手だとよくこぼしている。だが、この非難は誤りだ。絶対に誤りだと確信する。というのも、私自身この上なく身勝手な人間であればこそ、全く身勝手な理由から、劇場には必ず時間厳守で着くようにしているからである。つまり、遅刻したために生じる不都合な事態に耐える勇気がないのだ。足を踏みつけずには前を通りぬけられぬ女性たちの無言の憎悪とか、ほとんど通り抜ける余地のない肥った男性の怒りとか、それには、とうてい対抗できない。他人に迷惑を掛けるのと、自分が迷惑を蒙《こうむ》るのと、どちらか選ばねばならぬとしたら、私は、ただ身勝手な理由によって、自分が迷惑を蒙る方を選ぶ。というのも、私は生来時間にだらしがないので、遅れる者を大目に見られるし、連中のつらい気持が分かるからだ。交通渋滞に巻き込まれた人もいるだろう。あるいは、妻と娘がお化粧に余念がなくて一向に階下に降りてこないので、玄関でいらいらして待って遅れた人もいるだろう、などと同情するのである。遅れた経験のある人なら誰でも分かるように、遅れたことに対しては納得できる理由が沢山あるのだけれど、時間厳守への理由はたった一つ、つまり、自分が可愛いということだけである。

時間を守らぬことへの憎悪は、主に身勝手な憎悪であり、それ故に邪悪な憎悪であると証明できると思う。例えば、夕食が遅れて待たされるのに反対するのは、時間厳守は善だという高邁《こうまい》な考えからではない。ある極端に時間にやかましい男が、二十分食事を待たされた時に、「畜生、あのコックの奴、殺してやりたい！」というのを私は聞いたことがある。キリスト教の教えから遠い感情である。ところが、私も、食事に遅れることが多いくせに、食事を待たされるととても不愉快になる。ある入り江の別荘で夏休みを過ごしたときのことだが、そこでは朝食が十一時前に出ることは決してなかった。ロンドンでなら、私は十一時の朝食に反対はしない。だが、休日には早く起きて、十時までに朝食を出してもらいたいのだ。しかし、世話をしてくれている女性は物事を気軽にする能力に欠けていて、毎朝我々は小鳥の巣にいる雛《ひな》のように腹を空かせ、ピーピー鳴きながら食堂の中をうろうろしていた。自分、自分、自分——それしか頭になく、キッチンで懸命に働いている女性のことは全く念頭になかった。一時半のランチに戻り、四時まで待たされたときにも、皆自分のことしか考えなかった。朝食が遅いので、空腹だったというのではない。あの女ののろまのせいで、自分の予定が乱れたので怒ったのである。いつまで経っても現われぬ食事のお陰で一日が無駄になったように思えた。料理人が時間を守らないと、肉体を——それとも心をも？——苛《さいな》む偽りの空腹感が生まれる。私はこの別荘では、夜十時半になって夕食が現われないと、この種の空腹感によく襲われた。

自分勝手な世の中のことであるから、他人は時間厳守であるべきだと考えるというのが真相であろう。もし朝刊がいつも遅れて配達されたとしたら、もし郵便の第一便が時間にだらしない配達人の好き勝手な時間に配達されたとしたら、もし牛乳が牛乳配達の太っ腹のせいで朝食時に配達されないとしたら、気の短い自己中心の人はどんなに怒ることだろう！　よく言われることだが、イタリアは、主に列車の時間厳守を確実ならしめるために革命を経験したそうだ。過去の賢者は「遅くても全然しないよりはまし」と言った。だが、魚が昼食に間に合うように届かない時、この昔の哲学を思いだす人がいるだろうか。機械化された世界では、人生が機械と同じようにすらすらと動いてゆくべきだと人は主張するのである。また、他人が生来の性格でなく、時間割によって生活すべきだと主張する。このようにするのは、確かに、高度に組織化された社会では便利かもしれない。だが、それはもっとも抵抗のない生き方を選ぶことでもある。だから、決して気高いところなどありはしない。単に快楽主義を実生活で実行することに過ぎない。時間厳守を他者に要求するとき、我々は主として自分の幸福と安楽を求めるのであって、他者の幸福を求めるのではない。果たして時間厳守は悪風であろうか？　アンドレ・モーロア氏を含む純粋主義者は「悪風だ」と言うだろう。だが私は必ずしも同意できない。私は他人が時間厳守であるのを好む。しかし、私自身について言えば、時間厳守しなかったので、今の自分の性格が形成されたのであった。

(The Vice of Punctuality)

無関心

ケンブリッジ大学のキングズ・コレッジで、ある立派な学者の部屋でお茶をご馳走になっていた時のことだ。オックスフォード対ケンブリッジのラグビー戦の前の週のことだ。会話が途切れがちなので、私は自分の知的レベルに近い話題にしようと、そこに同席していた優れた小説家に、「火曜日の試合には行かれますか?」と聞いてみた。彼は私がゲール語で質問したかのように、心底困惑した様子だった。「試合って、何の?」と穏やかに訊ねた。来週フットボールの試合があり、あなたの愛する大学の運命が、その試合の勝負に、一時間かそこいらの間、かかる、あるいは、かかるように思えるのです、と私が説明した。彼は驚いた様子で、「正直な話、聞いていませんよ。あなたは?」と部屋の持主の学者に向かって聞いた。彼は、それは自分にも全く驚くべき知らせだと答えた。部屋にはもう一人学者がいて、質問されて、最近近所の人の会話によって、どこかで何か重要な試合が行われるらしいのは聞いていたが、それがオックスフォードと戦うのだとか、ラグビーの試合だとか、トウィッケナムで行うとか、火曜日だとか、一切知らなかった、と言った。

そこに居た学者はアテネとスパルタ、ローマとカルタゴ間の争いの細部に関する専門家であるのに、彼ら自身の戸口で行われる争いにこれほど無関心であることに私は呆れた。その争いでは、賞品は政治戦争のさもしい戦利品でなく、精神的な栄誉だけであるのに！　居合わせた人はみな平和愛好者だったが、血生臭い戦いの方が、フットボール場の無血の戦い――いわば未来の戦いである――よりも、ずっと彼らの知性を魅了したのであった。現代生活の誰でもわくわくするような出来事にこれほど無関心であることに、私はショックを受けた。株のブローカーが大きなフットボールの試合に無関心であるのなら私は理解できたと思うが、大学人は人文学の素養のある知識人である筈なので、これでは困る。私は、人類の将来について悲観的な気持になってケンブリッジを後にした。

しかしながら、ロンドン行きの列車に座ってから思い直したのだが、人は誰でも、何かしらについて無関心にならざるをえないのだ。自分がこの世になすべく送られてきた事柄に専念しようとするならば、人は誰でも無関心の才能を持たねばならない。例えば、異教徒を改宗しようとする宣教師は、金銭というものに無関心であらねばならない。もしその心がグレイハウンド競走場の配当金の上がり、下がりにいつも奪われていたら、食肉人種の改宗は出来ない。あるいは、もし宣教師がムシュー・ブールスタンのように鱒の完璧な調理法とかソースに夢中であれば、宗教の仕事に身が入らないであろう。俗世界とその楽しみの半分に関して、宣教師はホラチウスのいう「いささかも動じぬ」という状態でなくてはならない。哲学者もまた、一般人が有難がる多くのものに対して関心をよせる余裕はない。たとえ普通人と同じ欲望を持ったにせよ、ソクテラスが飲酒に耽ったのと同様に、無関心な態度でそれに耽らねばならない。哲学者は、インテリが女性週刊誌の感傷的な恋愛小説に無関心であるのと同じく、俗界の快楽に無関心なのである。

無関心が常に美徳だというのではない。だが、何に対して無関心であるかによって人格が規定されるのだと思う。「人間的なものすべてが自分に関係あると、私は思う」と、ローマの喜劇作家テレンティウスが、あるいは私の読んでいない彼の芝居の登場人物の誰かが言った。私はこの言葉が至言であるのを疑う。我々が日々の仕事をきちんとしようと思ったら、人間的な多くのものと無関係でなくてはならないからだ。サヴォナローラは、もし美しい装飾品に無関心でなかったら、名声不朽の人にならなかったであろう。

ガリバルジーは、もし快適さ、安全さ、生きていることの喜びに無関心でなかったなら、イタリアを解放しえなかったであろう。歴史上の偉人はすべて、仲間の人間たちが大事にする多くのものに無関心であったのだ。ギリシャの樽に住んだディオゲネスから現代のバーナード・ショーにいたる天才の中で、一人でもテレンティウスの言葉を自らのモットーにした者がいただろうか？

とにかく無関心というものからは逃れられない。我々が生まれる前から、何に対して無関心になるか決まっているようだ。生来、音楽に何の関心もない人がいるのを考えてみよう。モーツァルトが好きな人には、モーツァルトの歌がブザーの音とかカケスのやかましい鳴き声にしか聞こえない人――それも結構よい人柄の人なのだ――がいるなんて信じられない。しかし、経験でわかるように、音楽への無関心は偉人にも善人にも大勢いる。ジョンソン博士は音楽に愛情をまったく持たなかった。しかし、それを変えて欲しいと願う者は誰もいないだろう。もし博士が音楽会愛好者だったとしたら、それだけ彼をもっと愛するだろうか。彼が何を好んだか、彼が何に無関心ないし嫌悪感を抱いていたか、それによって我々が博士を愛する気持は変わらないと思う。詩人ですら、言葉の音楽以外の音楽に無関心だったと伝えられている人がいる。テニソンとウイリアム・モリスは音感が鈍かった。W・B・イェーツはイギリス国歌とアイルランド自由国の国歌の区別が出来なかったという。

生来音痴の人がいるように、生まれつき詩に無関心な人がいるのかどうか判然としない。全ての人が詩を楽しめる能力を持って生まれてくるのだが、成人するに従って能力を失ってゆく人もいるのだと、考えたくなる。しかし、日常生活では、詩への無関心は人類のもっとも目立つ特徴の一つである。偉大な詩が人類の最大の業績だということを否定する人はほとんどいないのだが、詩を読む人は殆どいないのだ。宗教の重要性が今日ひろく疑問視されているように、詩の重要性はいつか疑問視されるようになるのだろうか？　それとも、詩は資産があって詩心もある人に相応《ふさわ》しい仕事として尊敬され続けるのであろうか？

若いときは自分の趣味に無関心な人を嫌うものだ。少年の頃、私は政治でも文学でも自分が熱を上げているものに無関心な人がいると嫌悪感を抑えられなかった。スチーブンソンやキップリングについて議論して、すぐに腹を立てたものだった。大好きな海水浴場でさえ神聖な場所であり、そこが好きでない人を、ばか者かあるいはそれ以下だと思った。食べるのが好きな人は、食物に無関心な人にこれと似たような嫌悪感を一生抱き続けると思う。グルメの人が、お客のためにご馳走を準備したのに、客がお腹の調子が悪くて、最上の一皿に手も触れなかった時、胸が憎悪で煮えくり返る。この種の招待主に出会ったことがある。三番目の料理が出る前に、彼は「鴨は好きですか？」と私に聞いた。事情を察して、鴨は大好きだという振りを装うことが出来た。「そう伺って嬉しいですな」と言い、それから大真面目な調子で「鴨が嫌いな人を憎みますよ」と言った。音楽や詩や世界国家、あるいは彼の家の庭の花に対してでさえ、私が無関心でも彼は大目にみただろうが、鴨に関しては、そうではなかったのだ。

私自身は他人の無関心への憤りを、今ではほとんど無くしている。親しくしている友人には、小鳥に無関心なのも、海に無関心なのも、自分の生まれた国に無関心で、外国同様に自国に興味を抱かないのもいる。感じのいい人で、猫に無関心な人もいるし、薬以外の瓶に入って売られているあらゆるものに無関心な人もいる。アーノルド・ベネットは実に愛すべき作家だったが、彼はディケンズに無関心だった。真実はこうなのだ。人間の心には、色々なものを好きになろうとしても、全てを好くだけの余地がないのだ。

という次第だから、ラグビーに無関心だったキングズ・コレッジの人たちは、あれはあれで正しかったのだ。大きな試合の日のフットボール場は、急にファンになった者が加わらなくても充分に混雑している。しかし、もしあの人々が火曜日にトウィッケナムに来て、ケンブリッジ・チームが、実力伯仲のオックスフォード・チームの堅陣を突破して打ち負かすところを見れば、いくらか無関心でなくなったのではないかと思う。ウラーがフィールドの中央から一マイルもドロップ・キックして得点するのを見るのは奇跡を見るに等しい。ケンブリッジのフォワードラッシュは、攻め寄せる巨漢の猛烈な脚を物ともせずボールに体当たりするオックスフォードの選手に、繰り返し打ち破られながらも、日常的な体力と勇気を超える理想を目指した選手の達成したものであった。試合の後半では、ケンブリッジのバックスが、オックスフォードのディフェンスに穴を見つけ、そこに攻めを集中し、繰り返し繰り返し、体力と知力をフルに用いて、その穴から選手を送り込んで、さらにトライを重ねたのには、あの祝勝歌のギリシャ詩人ピンダロスも賞賛を惜しまなかったであろう。

だが、分かったものではない。プラトンが、生存していたとしても、わざわざ試合を見に行くことはなかったであろう。何といってもラグビーはゲームに過ぎない。もっとも、火曜日にトウィッケナムにいたのでは、とてもそのように思うのは困難だった。

(Indifference)

ツバメ

このことに関しては色々な見方があるのだけど、人間が動物の中で一番魅力的だと主張することは、許されるというのが私の考えである。人類の歴史は、カインによるアベルの殺害から今世紀における戦争や革命に至るまで、暗いものではあるが、その一方、野蛮な振舞いよりも心優しい行為がいくつも語り草となってきた。ノアが箱舟に鳥や野獣を乗り込ませて洪水から救ったとか、アンドロクレスとライオン、ディック・ホイッティントンと猫、ロビンソン・クルーソーとオウム、スターンとイエバエの話など、誰もが知っている。人間の人間に対する残虐行為は無数の人々を悲嘆に暮れさせており、その数は有史以来どんどん増えているのは確かである。しかし、人間性の気高い矛盾によって、仲間の人間に対しては狼である人間が、他の生き物に対して驚くべき優しさを繰り返し示してきた。世間には聖フランチェスコの鳥への説教にむかむかする人もいるようだが、私はそういう人とは違う。動物の物語を人類史で最も明るい部分だと思っている。ローマ人は非常に実際的な国民なのだが、狼がロムルスとレムスに乳を与え、ガチョウがカピトリウム神殿を守ったという伝説を、スキピオ将軍親子の戦勝や歴代のローマ皇帝の征服と同等に大切にしてきた。ローマ人が健全な本能の持主である証拠だ。歴史上どんな国も、人間より下等な——この形容詞の使用に反論があるのは私も知っている——動物のどれかとの因縁によって大国になれたのである。アテネはフクロウに、フランスは雄鶏に、イングランドはライオンと白馬に、それぞれ世話になった。スコットランドの歴史は外部には殆ど知られていないが、どの学童もブルースとクモの話は読んでいる。我々の祖父の記憶に残っているところでも、アメリカは白頭ワシを国家の象徴として採用した。ロシアの「五年計画」の成功について私が一番疑問に感じるのは、ボルシェビキが国の象徴として動物——働き者の蟻でもいいのに——を選ばず、鎌とハンマーを選んだからだ。

英国科学振興会が人間と他の動物との間にある神秘的な関係を探求したことがあるかどうか知らない。その研究会でトーテム崇拝に関して多数の学識ある発表がされているが、発表した学者はすべてトーテム崇拝を信じている人々を知的な愚者と見なすのを当然だとしている。カンガルーとの神秘的な関係を信じているワンガワンガ族を、自分と同等の知的レベルにあると考えている人類学者に私は一度も会ったことがない。トーテム崇拝の人間を、「プリマス同胞教会の信者」――自然科学で学位を取ったインテリが信じないようなあらゆる種類のノンセンスを信じる暗黒の住民――と類似でもっと野蛮な連中だと見なすのが、人類学者間の通例のようだ。しかし、トーテム信仰者は非科学的な文明に生まれた、予知能力ある人間に過ぎないのは確かである。全ての生は一つであり、人間は他の種族の人間だけでなく他の種類の動物とも親しくするように努力すべきだと認識している聖者なのだ。兄弟である動物を殺す前に許しを乞うトーテム信仰者は、人間の食料として許しも乞わずに動物を殺す現代の畜殺業者よりも未来人に気持の面で近いのではないか。幸運にも、現代においても、人類学者や畜殺業者はさておき、他の動物と人間の親密な関係はまだ続いている。キップリング氏の『ジャングル・ブック』や『なぜなぜ物語』――後者は猫をよく理解していないという欠点があるけれど――には、英国科学振興会の人類学の部局が無視している人間と動物との交流の興味ある物語がいくつも収められている。

以上述べたことと、最近ウィーンから届いた、飛行機でツバメをアルプス越えして移送するという話との間に関係があるかどうか、読者に判断してもらいたい。私が思うには、ウィーンのツバメの話は「初めてなされた事の歴史」における最も楽しい一章になるであろう。季節外れに訪れた雪、霜、氷雨が、オーストリアのツバメが餌にしている昆虫すべてを絶滅させてしまった。ツバメがアフリカの冬場の陽光を求めて旅立つ前のことだった。オーストリア全土でツバメのさえずりが聞こえなくなった。夕日で真っ赤に見える喉を持ち、夏の大西洋の湾のように青い背中で、川の上で空から舞い降りることもなくなった。彼らには食べるものが無かった。荒れるアルプスの山々によって近くの食物供給所から切り離されてしまったのだ。電線とか留まれる所ならどこにも留まっているが、やがて衰弱して死んでゆくしかない。そこで、一人の天才――つまり具体的な救済策を思いついた人物――が、もしツバメを集めて、悪天候を避けて収容できれば、一万羽単位で飛行機でアルプスを越えて陽光の中へと移動させうるという案を思いついた。そうすれば、アフリカに向けて出発するまで陽光の中で、好きなだけ好物の昆虫を食い、グルメのように暮らせるのだ。

直ちにオーストリアの人々はツバメを集め出した。自分も腹を空かせている子供まで、ぬかるみの中を歩いて、バスケットに入れたツバメを中央集配センターに運んだ。衰弱したツバメは張り巡らした長い電線に留まって休息し、籠に入れられて飛行機で南に移動してもらうのを待った。ある報告によれば、ウジがツバメの餌として集められたという。またある報告によれば、自分で飛んで餌を集められないので、ツバメは飢え死にしそうになりながら電線にしがみついてイタリア行きを待ったという。話の詳細がどうであれ、週の終わりには何千という数のツバメが集められ、籠に入れられ、空輸され、オーストリアの雪の中での餓死から救われたというのは間違いない事実である。アルプス越えの後、ヴェネチアの何も知らぬ昆虫の間に放たれたのであった。救われたツバメの数は、ある推定によれば、四万羽に達する。さらに、この話でとりわけ結構だと思われるエピソードは、あのムッソリーニ氏が、悪い評判ばかり聞こえてくる人物であるにも拘わらず、聖フランチェスコの生国たるイタリアではツバメの命は尊重されるべきであり、避難してきた鳥を「ツバメ・パイ」を作る材料にするために撃ちおとしたり、捕えたりしてはならぬ、という禁令を出したことである。

このような話を読むと、人間というのは根本において善なるものであるのを誰も疑い得ないと思われてくる。とは言っても、イタリアの昆虫にとっては、せっかく自然の女神が味方して絶滅に追いやろうとしてくれていた天敵の大群を突如放たれるなんて、もしかすると、少し残酷だったかもしれないが。

しかし我々人間は進化の連鎖上、昆虫より鳥にずっと近いので、昆虫の見方に与するわけにはいかない。人間は、ツバメと同様に、常に昆虫と戦っているか弱い生物である。そして蝶々と夕べのクモの命は助けるけれど、蚊、ノミ、ガガンボ、綺麗なスズメバチにとって、人間は敵である。生きとし生けるものの間に上下はないというのは、哲学者のような気分の時は認めるけれど、シラミの命を尊ぶのは不可能だ。それ故、ツバメが水面をかすめて飛んで、沢山の昆虫を口いっぱい蓄え、急いで巣に戻り、ひなと昆虫を分け合っても、それを非難する気にならない。

少なくとも私には、ウィーンの市民は、ツバメのこういう扱いにおいて、極めて魅力的であり、人間と動物の付き合い方という点で人類のお手本だったように思える。感傷に耽りたくないが——ということは、もしかすると、正直いえば、耽りたいのかもしれないが——全体として見て、世の中はよくなった、よくなりつつある、今後もよくなるだろうという結論を避けるのは難しいと思う。

(Swallows)

冬に書かれた朝寝論

怠け心といえば、大多数の人は、暖かさ——例えば夏とか南海の島——を連想すると思う。確かに、冬よりも夏、北極よりも南海の島での方が怠けるのに楽しい。しかし、私の経験からすると、仕事を怠けたいという気持は、気温が下がるのに比例して強くなると思う。理屈では、寒い気候、寒い季節には、仕事の他に何かをする誘惑は少ないのだから、一生懸命に働くはずだ。私たちの目的は大自然からの逃げ場を探し、寒々として鳥も歌わぬ外の世界から気を逸《そ》らすことである。こういう状況では、太陽が戻ってくるまで、諦めてこつこつと仕事に精を出す。そう考えるかもしれないが、しかし、明白な事実としてそのようにはならないのだ。

人間にはどうやら冬眠する動物のようなところがいくらかあるので、十一月の東風が吹き出すと活力が衰え始めるのだ。厳寒期には見せかけの復活の兆しがあり、まるでスパークリング・ワインを飲んだような刺激を受けて、活力を取り戻しただけでなく、活力を増大させたような気分になる。しかし一、二日後寒さが和らぐと架空の精力は雪だるまのように消滅し、再び灰色のもやもやした虚脱状態に陥るのだ。そしてかつては夏があったのを思い出し、一日過ぎれば、二十四時間分春に近づくと知って、ようやく幸せを感じるのである。

何と言っても、人類の歴史を振り返ってみれば、怠け心は暖かさでなく寒さから生じたものだと分かる。自らを文明化しようという活力を持った最初の民族は南方で暮らしていたのだ。北部の我々は、湯たんぽその他の暖房器具をいくら用いたところで、二千年以上前のエーゲ海の盟主となったギリシャの暖かい小都市の功績には到底及び得ないのだ。アテネやローマの偉大さを至高の天才たちのせいにするけれど、ギリシャ人やローマ人の優れた才能の大部分は我々北国人特有の凍えた固さがないことに由来する。彼らは青空の下で暮らすので、頭脳を使う仕事——あらゆる仕事の中でもっとも難しいもので、それをするかしないかで人間と動物の差ができる——が可能だった。頭脳労働の成果として、ギリシャとローマは世界に哲学と詩歌を贈ったのである。ところが北国人は面倒臭いというので、それを読みさえしない。イギリスの男女がプラトンよりも『冬来たりなば』を好むとすれば、それはあまりに寒い気候で暮らしているためにプラトンの哲学を理解するに必要な学問ができないからである。北部の民族の中で生来もっとも知的だとされているスコットランド人が大人になると、可能な限り南方に移動するというのは、暗示的なことだ。彼らが南に移動するのは、よく言われるように、食い意地が張っているせいではなく、頭脳に必要な暖かい気候を求めるのである。

事実、寒い北は、暖かな南と較べると、怠惰で、不毛で、無能である。北は聖書も、『イリアス』も、パルテノン神殿も、ミケランジェロも生んでいない。北で天才が開花した時期があったとすれば、南から詩的霊感《インスピレーション》を与えられた時期に決まっている。地図からイタリアを取り去ったならば、ダンテだけでなくチョーサーやシェイクスピアも消えるのだ。地図からユダヤを取り去ったならば、我々は未だに北欧伝説しか知らぬ異教徒のままであろう。一握りのイタリア兵がイングランドにやって来るまで、ブリトン人は余りにも怠惰でろくに服も着ていなかった。彼らが肌を藍色で塗っていたという話があるが、あれは極寒の地に生まれたために体が異様な青色になったので生じた説ではないか、と私は時々思う。

ある寒い二月の朝、私はベッドに横たわって、なかなかベッドから抜け出す元気が出ないままに、このような事を思い巡らせていた。窓の外の大気はどこもかしこも灰色で不快だった。寒気が枕にまで押し寄せて、肩口からちょろちょろと流れ込んできた。身震いしながら、私は寝具を体に引き寄せ、どうにでもなれという気持で、なすべき仕事のことを考えた。電話が鳴った。電話は私の部屋にあるのだが、ベッドからは手が届かない。頭を回して受話器をうらめしそうに眺めた。ベッドから起きて電話に出ることを余儀なくされるながら、無表情な受話器を眺めた。「間違い電話かもしれない」と思いながら、無表情な受話器を眺めた。ベッドから起きて電話に出ることを余儀なくされる前にベルが鳴り止みますようにと願った。電話に怒ってみても仕方がない。私が仮に小説の主人公だったなら、ベッドの側のテーブルからボズエルの『ジョンソン伝』を取り上げて、電話機めがけて投げつけたかもしれない。しかし私は無生物に対してやさしい性分だから、仕方なく寝たままでいた。家の者の誰かがベルに気付いて急いで出てくれるように期待したものの、誰もやってくれなかった。ベルの音に堪忍袋の緒が切れ、私は毛布を蹴飛ばして、床に降り立った。部屋を横切った。電話機は北極の氷のようだったが、手に取った。恐ろしい声で「何ですか！」と叫びたかったが、勇気に欠けたのか、それとも、寒さで震えすぎていたのか、弱い多少甲高い声で「もしもし」と言ったので、朝っぱらから睡眠を邪魔されたことへの怒りはまったく伝えられなかった。電話の内容は少しも重要なものでなく、葉書に書いて、家がもう少し温まった時間に郵便受に配達しても構わない知らせであった。けれども、私は弱腰でパジャマ姿の騎士バヤールよろしく、丁重に返事をし、おまけに、甥御さんの麻疹《はしか》はもう治りましたかなどとお見舞いまで言った。

しかし、受話器を置いたときは骨の髄まで体が冷え切ったので、またベッドにもぐりこむしかなかった。そしてその日の仕事を始めるべく体を温めねばならなかった。私がすぐに始めねばならない緊急な要件があった。それをやり終えるために、昨夜いつもより一時間早く起すように頼んでおいたのだ。そのように起されたのであったが、寒い朝にドアをノックされると、目をさますのではなく、深い睡眠へと引きこまれるという、全く逆の結果を生むというのが説明不能の事実である。不眠症の人でも、朝ドアを叩かれると、すぐに眠りに陥るそうである。私の知っているある婦人は、ぐっすり寝るのに一番よい方法は午前一時から毎時間一回ドアをノックしてもらうことだという説を唱えている。そうすれば、「ありがとう。すぐ起きますよ」というお礼の言葉に続くあの実に心地よい睡眠を味わえるというのだ。こんな事も聞いた。ドアの外に洗面用のお湯が運ばれたり、あるいは、ベッド脇のテーブルにお茶が冷めるままに放ってある状況の時、人は熟睡できると。

こういう微妙な対応ができずに、ドアのノックの音をご主人の鞭の音のように聞く人がいるのを知らないではない。彼らは自らを時計のように規則的に動く機械に変えてしまい、よく仕込まれたロボットの人生を送っているのだ。人類の中のある割合の人がこういう風に生きるというのは、もしかすると必要なのかもしれないが、こういう人に聞いてみたいことがある。あなたたちは、そんなに朝早く規則正しく起き出しているけど、そうするのに使っている莫大な精力を、もっと大事な事に取っておいたほうがよいと反省したことはないのですか、と。こういう人たちは時間を守ることにあまりに忙しくて、あなたや私が仕事と呼ぶことをする時間がないのだ。私の知る限り最も怠惰な人間というのは、早起きして、一日忙しそうにしているが、実は何もしない人である。早起き癖がついている人は、仕事をするよりも、いたずらにせかせかしている事が多く、彼の一日は偽りの活動からなる些細なドラマである。

勘違いしないでいただきたい。私は、習慣からでなく高邁な理想にしたがって十分早くベッドを離れる人の美徳を貶《けな》しているのではない。雪が降っていてもハイドパークのサーペンタイン池に飛び込む勇敢な泳ぎ手の早起きへの情熱に敬意を払う点では、私も人後に落ちない。自己克服もこの程度にまで高められると、気高いように感じられる。

苦行僧が馬の毛のシャツを着るのに匹敵する苦行だと見ていい。私は馬の毛のシャツを着る苦行僧に深い敬意を抱くものである。馬の毛のシャツを着ているのを羨《うらや》むわけではないが、いつもそのシャツを身にまとう克己心を羨む。新オックスフォード街の隅にあるホーン兄弟店の外に置いてある像のような服装をしてもいいのに、よくもまあ、あのシャツを着ていられるものだと感心する。実際の話、早起きの人が、習慣からでなく、自分を向上させようという健気な気持から早起きをするのであれば、彼を尊敬すべきだと思う。私自身、学生の頃から、この種の美徳に憧れているのだ。

夜目覚まし時計を寝室に持って行き、健気にも七時に、いや六時にセットし、日の出前に、青ざめたファウスト博士よろしく、古典の頁を繰っている自分を想像したことが何度もある。目覚まし時計のネジを巻き、メイドも牛乳配達も動き出す前の早朝に時間に合わせる喜びに敵う精神的な贅沢はないと思う。しかし、目覚まし時計は、精神覚醒剤としては面白いけれど一つ欠点がある。音を出すのだ。冬の寒い朝のしじまをつんざく、かん高いベルの音が忌々しく何度も鳴るくらい癇にさわるものはない。我が家には音を自動的に止める装置はないので、夜の睡眠を無事に終えるために、私は何度もベッドから起きだし、ベルの叩き金と金属カップの間に石鹸を差し挟まねばならなかった。

こんなことが何度もあったのに、未だに目覚まし時計を毎晩巻いて、六時にするか七時にするか迷って結局中間の六時半に設定するのを続けているのは、人の心にある理想主義のしたたかさの証拠に違いない。何時に起きるかをようやく決めたときには、どんなに幸福に感じることか！　何とすがすがしい良心を抱いて眠りにつくことか！　こういう精神的な自己克服を経験した後寝たときには、私でも、天使に見守られてベッドで眠る赤子のように、無邪気に、安らかに眠っていたと確信する。

目覚まし時計を美徳への刺激剤として使うのは止めたけれど、気付いてみると、今日でも私は少なくとも週に一回は、とても早い時間に起してくれるように家人に頼んでいる。呼ばれても起きないのは事実だが、より高潔な生活をいずれ送るのだという決心を伝えておくのが気に入っている。良い気分になるし、それによって、どれだけ小さな炎であってもその炎で、理想の生活のためのランプを灯し続けることになるのだ。夜にあることを為そうと決心し、朝には遂行できないのは、意志薄弱だと自分に言い聞かせる。しかし、正直に言えば、夜寝るときの世界と、起きたときの世界は違うのだ。深夜には、一時であれ二時であれ、暖かく、やる気充分である。朝七時にはただ片目を開けるだけで震えるのだ。変わったのは私でなく気候なのだ。深夜にはまるでイタリアにいるかのように快適である。朝までに北極が寝室に侵入してくるため、人は不活発になり、愚かにもそう呼んでいるように、怠惰になる。こんな状況で起きたりしたら、クリスマスに庭で飛び交う蜂のように、自然に対する侮辱である。だから私は冬に起されても起きないのだ、と自分では思っている。夏に呼ばれても起きない立派な理由も多分あるだろう。それは夏がくるまでに考えつくだろう。

(Laziness: Written in Winter)

癖

イングランド西部のホテルに滞在していた時、ボーイが半分空の紙箱に入ったシガレットをもって近寄ってきて、「これはお客様のですか？」と尋ねた。私は分からないと言い、どこにあったのかと聞いた。「部屋の隅の書き物机にございました。私はお客様のものだと存じます。紙箱の上部が開いていましたので」とボーイは答えた。「何だって！　シガレットを取り出すには、それ以外の方法があるだろうか？」私が言った。このボーイはウドハウスの描く従僕ジーブズに負けぬほど、丁寧でもあり、いろいろ知っていて、「おっしゃる通りですが、普通の方は紙箱を開ける前に、まず周りのセロハンを取り除くのです。ところがお客様は、セロハンのまま箱の上部を開けられます。ご自分ではお気づきになりませんでしたか？」これには仰天した。こんな辺鄙な所にシャーロック・ホームズがいたのだ。僅か三日の間に、私自身が気付いていない癖を見破られた。私は、自分がシガレットの箱を常にどう開けるかも、その開け方が普通の文明人とは違っていることも、全く知らなかった。そもそも自分はあまり癖のない人間で、私の癖はいずれも望ましくないものだと思い込んでいた。それなのに、新しい箱からシガレットを最初に取り出すというような些細なことで、自分が習慣の奴隷だと露見したのだ。

私は理論上、習慣を排斥しているわけではない。「ある意味で、人間の欠点は習慣をつけることだと言えぬこともない」というペイターの発言ほどナンセンスなことはないというのが私の考えである。この発言には半分の真実らしきものはあるかもしれないが、習慣をつけられなかったという不運を経験した者なら納得しないだろう。私自身は一寸《ちょっと》したことを習慣にできなかったために日々苦労している。金銭や切符などを決まったポケットにしまう癖がなくて損をしている。たっぷり金銭を持っていると分かっているのに、体中のあちこちを、ノミを探すように探し回らないと見つからないなんて、本当に愚かしい。店やレストランで、金を探し回っていると、店主もボーイも勘定係も、忍耐強く微笑しているものの、疑惑の目を向け、特にレストランでは、こちらが最初から騙《だま》す気だったと考えているようだ。

かなり昔になるが、ピカデリーのレストランで住所氏名を告げなくてはならぬという恥ずべき経験をした。ポケットかどこかに金があるのは分かっていたが、支払いの時、どうしても見つからなかったのだ。私は紙幣をあちこちのポケットにいい加減に入れていた。特に胸のポケットでは、紙幣が様々な手紙や書類に挟まって見つからなくなっていた。あるとき、これに気付いた友人が「君は金銭感覚に乏しいな。保管の仕方が分かっていない」と言って、外国旅行の前夜に札入れをくれた。私は紙幣全部を札入れに入れ、これで自分も整頓の出来る人間になったと思った。だが不運なことに、その一週間後、私より整頓上手なスリに札入れを盗まれてしまった。札入れを持っていなかった頃スリにやられた金額よりずっと多額だった。

これに懲りて、私が習慣や整理整頓などに不信の目を向けるようになったと思うかもしれない。実はそうではない。せいぜい、物事には二面があると改めて思ったくらいだ。日常生活では、どこのポケットに金が入っているか知っている者のほうが、ずっと有利な立場にあると思うが、スリに関しては、金のありかを知らないほうが安全なのだ。というのも、本人が分かっていないのなら、どうしてスリにわかろうか？　一晩中船の喫煙室で感じのいい見知らぬ男と一緒にいたことがあるが、後で聞いたところでは、この男はスリだった。しかし私の金に触れることもできなかったから、彼はカンタベリー大主教みたいなものだった！　私のポケットから金を盗みたければ、砂袋で殴ることだが、そうしたところで、金の在《あ》り処《か》を発見するには時間がかかるはずだ。しかし、砂袋で襲おうと思っている泥棒殿に警告しておくが、私の所持金は凡人が一日暮らすのに必要な金額だけなのだ。

金銭を除けば、何事も習慣をつけておくのが一番だ。例えば、バスや汽車の乗客が切符を入れるポケットを決めておかないのは愚の骨頂だ。決めてあれば、検札が回ってきても平然と対応できる。そういう人は、切符を機械的に取り出すだけなので、検札も手品のようにスムーズに運ぶ。ところが、切符をすぐ出せぬ男は、本人にとっても周囲の者にとっても、実に厄介だ。自分がまごついている方でない場合なら、いかにも間抜けに見える。時には、慌てふためいている姿に同情するが、時には、必死になってありとあらゆるポケットを探しているのを眺めていると、その威厳のなさ、時間の浪費に、私は苛立ちを覚える。何事もきちんと出来ないなんて、ひどくお粗末な人間の見本に見える。切符用のポケットはないのか、もしあるのなら、洋服屋は何のためにそれを作ったか考えたことがあるのか、と詰問したくなる。こういう場合の私は、習慣の味方で、だらしない人間を嘲笑する。ところで、切符用のポケットだが、私が最近作ったスーツに洋服屋がつけ忘れた。最初立腹したが、考えなおして、いいことをしてくれたと思った。今度切符を探すとき、ポケットの数が一つ少なくて済むのだから。

次にメガネのことだ。必要な時にさっと読書用のメガネを取り出せる人は何とも羨《うらや》ましい。きっと決まったポケットに入れる習慣がついているのだろう。外出中に、どのポケットであれ、どこかのポケットに入れてあると確信できるだけでも、羨ましい。私の場合、メガネを探すために浪費した時間が一年間でどれくらいになるか、合計するのも恥ずかしい。総計したら、世間の人を驚かさぬとしても、私個人にはショックに違いない。メガネはよく失くすので、緊急用に、単眼鏡をいつも持参するしかない。習慣の奴隷になっているなどと、悪いことみたいによく言われるが、あれは間違いだ。ガレー船を漕がされる本物の奴隷のような苦しい目に遭うのは、習慣の奴隷になれず、始終物を置き忘れ、探し回っている者の方である。

本を探しているときに、特にこれを意識する。私は相当数の本を所有し、本が本棚で順序よく決まった場所にきちんと置かれている――整頓好きな読書家には必要なことだが――のが好きだ。ところが、本棚から取り出した本を元の場所に戻すという癖がない。その結果、私は本を読む時間より多くの時間を本を探すのに費やすことになる。ブラウニングからの引用を確かめたい時、引用箇所のある巻がどうしても見つからない。例えばルーカス著『チャールズ・ラム伝』の第一巻を調べたい時、見つかるのはきまって第二巻である。辞書以外のものを探しているときには、家中どこにでも辞書が見つかるのに、どうしても辞書が要ると思った瞬間に全ての辞書が虚空に消えるみたいだ。まるで本には悪戯《いたずら》心があって、かくれんぼうという果てしないゲームで私に時間を浪費させ、本扱いのだらしなさに復讐しているかのようだ。

それ故、私は習慣、整頓、規律を大事にする生き方を何よりも賞賛し、モンテーニュの意見に真っ向から反対する。モンテーニュ曰く「青年は精力を活気付け、精力がかび臭く怠惰にならぬよう、規則を打破すべきである。規則や規律に従うような生き方ほど愚かしく、弱気なものはないから」これは十六世紀の資産家の紳士には結構な助言であったかもしれぬが、機械の美しさを発見し、機械の規則正しい動きに自分をますます適応させなくてはならぬ世代には無用である。定刻に出る列車、狂うことのない時計、毎朝八時きっかりに朝食を取り、常に切符を決まったポケットに入れる——私にはそれが理想だ。重要でない事柄に関しては機械のように振舞うのが、成功の秘訣だ。機械的に生きるとは、本やメガネを愚かに探すのに夢中で、人間本来の生き方から外れるというようなことなく、のびのびと生きることを意味する。たとえシガレットの箱を独特な方法で開けるという些細な癖であるにせよ、私にも習慣が一つでもあってよかったと思う。些細な癖であっても、それが時間厳守、整頓、規律のもとになり、私全体が変わってゆけるかもしれない。まだ見込みはある。あのイングランド西部のボーイは私に希望を与えてくれた。

(One's Habits)

犬好き

キップリング氏の犬物語の集大成を読んで、犬好きの人生を豊かにしている犬との感情的な結びつきをどうして私は楽しんだことがないのだろうと思った。犬が嫌いというのではない。ただ、犬は私には何の意味も持たないし、一緒にいたいとも思わない。もし犬が尻尾を振って愛想よく近寄ってくれば、もちろん頭を撫でてやる。しかし撫で方に愛情がこもっていない。犬が他の人に注意を移せば、むしろほっとする。私は、馬から鶏、牛から猫に至るまで、身近な動物は殆ど全て好きなので、これは奇妙だと思う。子供の頃、馬小屋で少しも退屈せず何時間でもいられたし、農耕馬が夕方水を飲みに池までつれていかれる時、たてがみを摑《つか》み、王様になった気分で、裸の背に跨《また》がっていたものだ。教会までの三マイルの道程を二輪馬車の手綱を持って進むのは日曜のお勤めを楽しいものにした。夢の中ではいつも自分は馬の持主だと思っていたし、今日に至るまで、自動車の発明を恩恵と見ることが出来ない。家畜の中で一番気高い馬が文明の普及でアメリカインディアンと同じ運命を辿るのが不快だったのだ。

いずれ地球から馬が消滅すると言う予言を聞かされても、今日の子供は平然としているのかもしれない。だが四、五十年前は馬のいない世界など殆ど住む価値がないように思えたであろう。なるほど、私の考える天国の黄金通りを馬が闊歩していないのは事実である。しかし、実を言うと、子供時代に天国が望ましいと思ったのは、天国が地球よりよかったからでなく、ただ地獄に行かなくて済むからだ。子供の頃は、地球での不滅の生命(厄介な一族郎党と別れられずに!)と天国での不滅の生命のどちらがいいかと言われれば、地球での不滅の生命を選んだであろう。でもそれは馬だらけ――栗毛馬、黒馬、灰色馬、葦毛馬、白黒まだら馬、サラブレッド、クライズデール、血統のない馬、シェットランド子馬――でなくてはならない。

子供心に牛は馬ほどの強烈な印象を与えることは滅多にない。牛は人間の言葉に直ぐ反応する知性を欠いている。馬は人が「ジー」とか「アフ」と言ったり、舌で「ツルッ」というような音を出したりすると、意味することが分かる。馬と人は行動を共にする。そういう持ちつ持たれつの関係は人と牛の間にはない。牛が乳搾りの時間に「チェイチェイ」と言う呼び声に答えて牧場の門に集まってくる時でも、人の言葉を理解したからでなく、乳を搾って欲しいという願いからである。牛がよろよろと大儀そうに農場に移動している時、彼らの空虚な心と人間の心の間に精神感応による意思の疎通があるとは思えない。それでも一ダースくらいの牛の群の後について行き、自分がこのような角のある大きい動物を支配しているのだと思うのは快い気分だ。私は多くの牛を好み、彼らを個別に名前で知っていたこともある。牛のいない地上の天国は想像できない。

同じような愛情を豚に対して持ったことがあるとは言えない。豚を見るのは好きだ。姿がいいし、豚の赤ん坊の仕草もいい。しかし豚を名前で呼んだことはない。彼らは、有用性とは別に、地球の単なる装飾であり、人との間に真の友情はない。でも子供の私は犬よりも豚に興味があった。犬を鶏、アヒル、羊の半分も面白いと思ったことはない。

犬を好むのは自然であるのかどうか、分からない。何世紀にも渡って、「犬」という語が侮蔑的な意味で使われていた——dog, hound, cur, puppy には「犬、猟犬、雑種犬、子犬」という意味の他、やくざ、卑劣な奴、生意気な青二才などの意味もある——ことを思い返すと、人間と犬の関係が、今のような高度文明時代でのように常に仲睦まじいものであったか否か、考えざるをえない。動物の中でもっとも一般的に愛されている犬に尻込みする私には、原始人らしさが残っているからだろうか。そういうことも、ありうるだろうが、私が犬崇拝に与しえない理由は次の事情で説明されると考えた方が妥当である。育った家に犬がいなかったのと、田舎の祖父の家に遊びに行ったとき、農家の二匹の犬が、ひどく愛想が悪かったことである。一匹は獰猛な黒いレトリーバーで、樽を横にした小屋にいて、繋がれてばかりいたので、始終反抗していた。客が側を通ると、食いつかんばかりの勢いで飛び掛った。小屋の裏手のグースベリー畑に行くときは犬から離れた所を通るように注意された。私は彼が鎖に繋がれたライオンで、しかも鎖の一部が切れそうになっているかのように、こわごわ遠回りしたものだ。もし彼が動物園の檻にいるのを見たのなら、その姿に感心したかもしれないが、実際は、夜農園に近づく泥棒を八つ裂きにするのが唯一の役目の野獣と見ていた。

もう一匹もあまり愛想がよくなかった。毛の滑らかなテリアで、高齢で太っていて、殆ど目が見えなかった。彼は一日中祖父――犬と同じく高齢でほぼ目が見えない――が横たわっている木製の肘掛け椅子の下、芝生の焚き火の近くに横たわっていた。この犬は祖父に忠実なのを除けば、世の中に関心がなく、殆ど動かなかった。例外的に、祖父が椅子から立ち上がって、太いステッキをついてゆっくりと農園に歩いて行くと、後からついて行った。最初私はこの犬は体の自由が利かぬ無害なものだと思って、仲良くなろうとした。ところが頭を撫でようとしたら、うなり、がぶりと嚙もうとした。頭を撫でるのを許すのは祖父だけなのだと後で注意された。こうして、嚙む性癖のある二匹の犬――一方は室内で、他方は屋外で嚙もうとするのだ――のいる農場に泊まっていたので、私は当然犬と付き合う気など起きなかった。農場の他の動物は私の頭の中で幸福と結びついていた。馬は蹴飛ばせば人を殺害することも出来るけれど、そんなことはしないし、牛は角で突っつく事もできたのにしないし、鶏と雛は餌の時間には私の近くにまるで恩人を慕うように走ってきた。首を伸ばして脅かす雄のガチョウでさえ、私の言うことを聞いた。犬だけがよそ者にとって永遠の敵だった。田園生活の楽しみでなく苦しみだった。

こういう事情に加えて、その頃は、一般的に狂犬病が恐れられていた。健康な犬に嚙まれるだけでも十分不快だが、狂犬に嚙まれるなど、思っただけでも膝が震える。狂犬病についてぞっとする話を沢山聞いていたので、特に夏の間はいつもびくびくしていた。当時の私は狂犬に嚙まれることを、世界中の何事よりも恐れていたと思う。暗唱用教材に、ある鍛冶屋の感動的な振舞いを描く詩が載っていた。子供たちを守って狂犬を両手で捕まえ、自分が嚙まれた後、狂気が襲ってきたとき危害を加えることができぬように、自分を縛ってくれと近所の人に頼んだという。その詩をはっきりとは覚えていないが、縛られた鍛治屋が口から泡をふき、苦悶のうちに死んでゆく情景をいつも頭に描いていたものだ。その結果、狂犬が田舎をうろついているという噂を聞くと、私はとても怖くなった。道で出くわす犬の一匹一匹を疑わしそうにじっと観察した。口に白い泡があると想像するには努力は要《い》らなかった。時には、池や海岸の近くを歩いている時、私は靴も脱がずに、水の中に入り、そのままの姿勢で、健康で大人しい犬が通り過ぎるのを待ったこともあった。その後、犬に口輪をはめさせる条例が通過したとき、反対の声が上がった。しかし、私は犬が口輪をつけて生まれてくればどんなに安心だろうかと思った。お分かりのように、私の場合、最初の犬との出会いがよくなかった。残念に思う。友人たちが犬を愛しているように、私も犬好きになれればいいと思うのだ。犬を愛することは人生における最高の喜びの一つだと信じざるをえない。しかし、私は偶然私が飼うことになった競争犬のグレイハウンドですら愛したとは言えない。好意を持ったし、元気を願ったが、薄暗くなってから彼を散歩に連れて行かねばならぬ度に、気分が落ち込んだものだ。グレイハウンドが競走するところ、とくに障害物を乗り越えるところを見物するのは好きだ。しかしグレイハウンドと長い散歩に出るのは、社交クラブの退屈人間と散歩するのと同じくらい嫌いだ。彼をベッドの側で寝かせるような本当の犬好きに進呈してしまったことで、私が彼との交友をあまり喜ばなかったと分かるだろう。

もし犬が生涯子犬のままでいるのなら、私も可愛がるかもしれない。しかし散歩が大好きな成犬は、残念ながら、私の犬にはなれない。私のこの傾向は、犬にとっての損失ではなく、私にとっての損失である。私という人間にある欠陥を、音痴や色盲を悔やむように告白しているのである。同時に、自分の飼っている猫を思うと、犬を好きになりたいという願いは少なからず彼女への裏切りなのかと思案する。長い散歩に連れて行かねばならないだけでなく、札付きの猫いじめでもある犬を嫌う理由はいくつかあるに違いない。

(Liking Dogs)

忘れる技術

記憶力を鍛える講座が最近とても流行《はや》っており、記憶するものが多ければ多いほうが、それだけ幸福だというのが当然視されている。確かに記憶の喜びは高い評価を得なければならないが、忘却もまた人間を幸福にするのに一役買っていると私は思う。マクベスもマクベス夫人もダンカン王を殺害したのを忘れることが出来たとしたら、どんなに有難く思ったことだろうか。選挙時の公約を忘れたいと思う政治家は大勢いるに違いない。この世で一番不幸な人の中に、過去において自分が蒙った被害を忘れられない人がいる。また、自分が他人に与えた危害を忘れられないので不幸になっている人もいる。実際、人間というのは、記憶しておきたいことは忘れ、忘れたいことは覚えているように生まれ付いているのだ。覚えておくことも、忘れることも、共に出来るように記憶力を鍛えられたら理想的だと、私は思う。

最近新聞が忘れる技術にも注意を向け出したようなので、喜ばしいと思う。ある大新聞が「どうすれば彼を一週間で忘れ得るか」という記事を出したのである。残念ながら私はその記事自体は見損なったのだが、それに関して、ある女性読者の投書を読んだ。「彼」を忘れるための別の方法を女性に説いていた。忘れる技術はまだ開発されていないので、その方法を引用する価値があるだろう。「映画に行くのがいいわ。ただし一人ではなく。友人でも妹でも誰でもいい。とにかく料金はあなたが払うことになっても、是非一緒に行くことね。あまりロマンチックでない、滑稽な映画がいい」X嬢が、マルクス兄弟を面白いと思わない人でなければ、これはかなりまともな助言だと思う。傷心の心を映画で忘れられる人なら、たとえ料金を負担してでも友人なり妹なりと一緒に見に行ったらいい。昔のバラッドに出る恋人に棄てられたヒロインがそう簡単に悲しみを忘れるように癒されると想像しにくいとは思う。だが、バラッドの時代の棄てられた者の惨めさは、一つには彼女らが公の娯楽施設のない時代に住んでいたからである。恋人が約束を守らなかった場合、気を紛らわすためにヒロインが見に行ける滑稽な映画など存在しなかった。当時は女性は家にいて、ただ悲しみに暮れていたのだ。今日は、映画の発明のお陰で、彼女は帽子をかぶって映画に行き、すっかり楽しんで、婚約までしていた真心に欠ける男が存在したのを忘れることが出来るのである。

しかし、映画に行けない夜もあり、おぞましい男の思い出が蘇ってくることもあるかもしれない。そういう辛い夜はどうして気を紛らわせたらよいだろう？　さっきの助言を与えた婦人はこの点でも明白な答を用意している。「夜外出しない時は、ラジオをつけて自分がよく覚えている曲をしっかり聴きなさい。その曲をできるだけ大声で自分で歌いなさい」この助言はいささか剣呑だと私は思った。というのは、お月様や六月についての曲とか「決して忘れない」とか「頬寄せて」とか「あなたの腕が私を抱く」などの曲は、どれほど大声で歌っても、無視された恋の記憶を呼び覚ますだろうと思われるからだ。「さらば、かつて誠意ありし者よ」をいかに大声で歌ったところで、自分を棄てた怪しからぬ男を忘れられる女性はいない。叫んだり大声で歌うのは、気分が高揚するが、小さな部屋に一人で居る時には、孤独な作業になってしまい、いたずらに孤独感を深めるばかりだ。誰も居ない時に「私は小さな草原の花だ」を大声で歌っても、ほとんど慰めは得られない。それよりも、静かに座って、甘い声の男性歌手を恋する方がずっといいのではないか。そういう歌手は自分が知っているどの男よりも二倍ハンサムで、二倍愛してくれ、二倍誠実であるように歌う。あなたが映画、ラジオとかそういう物に影響され易いのであれば、甘い声の男性歌手を好きになって「彼」を忘れるのは容易であろう。

しかし助言を与えている婦人は、忘却の助けとして、映画、ラジオなどの現代の発明品だけに頼っているのではない。彼女は古風な道徳家である。「何よりも、自分を哀れんではいけません。それが一番いけない。他の人のために何かをしなさい。自分の母親のために洗濯したり、近所の人の赤ん坊の世話をしたり。それから自分より不幸な境遇の人がいるのを思い出すこと」これは発明以前の時代に牧師が与えたような助言であり、映画に行ったり、ラジオに向かって大声で歌ったりするのよりずっと健全だと思う。一点だけ私が疑問に思うことがある。「自分より不幸な境遇の人がいるのを思い出す」というのは、特に慰めになるのだろうか？　私の場合はそうならないのだ。もし自分の歯が痛んだとして、カナダのラブラドル半島で誰かが霜焼で痛がっている話を読んだからと言うので、歯痛を忘れることはできない。もしステーキが硬かったら、トリニダードでマラリアが流行っていて大変だと知っても、慰めにはならない。高邁な精神の人なら、自分個人の些細な苦痛を、人類全体の不幸を思って、忘れることも可能かもしれないが、我々エゴイストはパタゴニアの全人員の苦悩よりも、自分のたった一夜の不眠の方が気にかかるのだ。

忘れるというのは、本当に単純な事柄ではない。心理学者が長年必死になって研究した後、ようやく自信を持って忘れる技術を教えることが出来るようになるであろう。例えば、忘れることが幸福に必要だと人を納得させることが出来るまでに、これからどれくらいの歳月の研究を要するだろうか。しかし、記憶しているのが、個人にも民族にも、地球上で最大の悪の一つであるのは明白な筈である。不満の記憶は血液を汚す毒である。シチリア島の「敵討ち」は、言ってみれば、いつまでも記憶していることから生じる結果である。国家の場合、記憶がしっかりあることは、災害の種になる。ボーア戦争は「マジューバ丘を思い出せ!」という叫び声とともに始まった。アビシニア戦争は「アドワを思い出せ!」という叫び声で始まった。マジューバを忘れ、アドワを忘れた方がずっとよかったか否か、いずれ歴史が決めるであろう。しかし、国家は容易に忘れることに同意しないものだ。サー・ホレス・プランケットはアイルランドの歴史について、イギリス人は覚えておくべきであり、アイルランド人は忘れるべきだと述べている。つまり、国家は自らが犯した罪は覚えておき、蒙った被害は忘れろということである。言うまでも無く、記憶力はこれと全く逆に働くというのが問題である。通常、我々は記憶したいことのみ記憶するのであり、それは蒙った被害であり、他者に与えた害でない。

あるスコットランド人が私に言ったことだが、イングランドが大国になったのは、イングランド人が、他の民族よりも、忘却の才能を持っていたことによるそうだ。イングランド人は実際的な民族であって、戦争が終わると、一件落着と見なして、世界がまた平常に戻ったなら、敵について自分らが前に言い、実際信じていたことをほとんど忘れるべきだと気付くのである。

どの国家でも、意図的に多くの事柄を忘れたのでなければ、平穏な生活に落ち着くことは出来なかったであろう。良い例がアメリカ合衆国であり、南北戦争についてもし多くの不快なことを忘れなかったならば、バルカン半島のように爆発寸前の状態のままだったであろう。北アイルランドは、記憶という災害の種が無ければ、今日もっと幸福なところになっているだろう。記憶は優秀な諸民族を鼓舞激励した源であるが、政治においては大きな誤りに導く原理でもある。過去を思い出すべき時もあれば、過去を忘れるべき時もある。もしあらゆる人が過去を記憶していれば、人を許す人など居なくなるであろう。

残念ながら、記憶は身勝手であり、気高い面だけでなく邪悪な面もあると気付いて初めてコントロールできるようになる。つまり、不満を忘れるのは恩恵を覚えているのと同様に称賛に値すると気付いて、初めて記憶をうまく制御できるようになるのだ。誰でも気付くと思うが、自分の受けた害にいつまでも拘《こだわ》っている人と一緒にいるのは、何ものにも較べられぬ程退屈である。私自身は大きな被害を誰からも蒙ったことがなく、それ故に記憶しておく必要もないので、拘っている人を批判するのは不公平かもしれない。それでも、そういう人が一緒の時は、彼が記憶を忘れるか、さもなければ、記憶ごとどこかに立ち去って欲しいと願わずにはいられない。

映画鑑賞に忘れる効能があるのを知っている私は、滑稽な映画のリストを作っておいて、それを見に行くように薦《すす》めて、彼の愚痴を中断させるのである。「絶対にあいつを許さん」と彼が言えば、こちらは「ルーケリ・ヌークを見たかい?」と応じる。「見てない。あいつは俺を騙した。やっつけてやるぞ」と彼は答える。こちらは「妹さんを連れてローレル・ハーディの最新作を見にいったらどうだい」と言う。もしそれが失敗したら、帰宅してダンス音楽をやっているときにラジオをつけ、大声で「リトル・オールド・レディー」、「オールド・ビリッジ・クワイヤ」などの合唱を、胸が痛くなり、警官がどうしたのかとドアをノックする迄歌うように助言する。ラジオに向かって大声で歌うのが忘却に役立つならば、大声をあげればあげるほどいい。ヒトラーはじめ全ヨーロッパが、この種の大声で歌うのに参加したら素晴らしいと思う。そうなれば、平和の可能性を見出すであろう。

(The Art of Forgetting)

キャンデー

イギリスでは毎年五千ポンドがチョコレートとお菓子に使われている、とオリンピアでの「チョコレートと菓子展示会」に関連する記事で報じられた。近頃聞く統計の数字は暗いものが多いけれど、この金額はこの世がある重要な点で以前より良くなっていると信じる根拠を与えるものだ。モーゼが葦舟に寝ていた頃から、どの時代の子供も、こんなに食べられる幸福の山のある世界に生まれてきたいと思わない者は一人もいないだろう。都会に住む子供は、以前と較べるといろいろなもの——豊富な花や動物のある田園風景など——を奪われたけれど、埋め合わせに昔の田舎の子供が知らなかったようなキャンデーを与えられた。ワーズワースが賛美した喜びは失ったけれど、その代わりにお菓子屋のショーウインドーの富を与えられた。

私は社会史をよく知らないので、キャンデーの民主化がいつから始まったか言えない。十八世紀までは砂糖が高価な贅沢《ぜいたく》であったらしいので、その時までは、キャンデーは子供の一般的な食べ物とはならなかったであろう。シェイクスピア時代にもキャンデーはあったのだが、『ロミオとジュリエット』に出るアンズ菓子、『ウインザーの陽気な女房』に出るなめ菓子を当時の貧しい子供がいつも味わっていたとは思えない。今日我々が知っているようなお菓子屋は十九世紀まで存在しなかったそうだ。それまではキャンデー作りは薬屋が担っていた。だから、今日健康上の規則に背いて食べているお菓子の先祖は、実は医学上役に立つもの、つまり咳止めドロップであったのだ。今日でも薬屋は半分お菓子屋であって、カンゾウ飴、香錠、マシュマロで一杯のガラス瓶が置かれている。スポーツの世界と同様に、かつては実利的な目的でなされたことが、今は楽しみのためにされている。銃を持つ狩猟家は先祖の仕事を楽しみに換えた。今の子供は純粋な楽しみでナツメ飴をしゃぶるが、この飴に相当するものは二百年以前は薬として用いられていたのだ。

医者がキャンデーは体によいとかつて考えたのは、何と幸運だったことか！　人間の肉体的な幸福にこれほど多大な貢献をなしたものは、他に殆どない。子供の想像力が、お菓子屋のショーウインドーの賑やかに並べられた箱や瓶を見て、どんなに刺激されたことか！　もし小さな子供が手に握りしめているのが、たった一ペニーであったなら、店に入る前に何を買うか決めさせておくがよい。もし決めていないと、ぐずぐず迷う苦しみを味わうことになる。カウンターの前に立ち、目の前の綺麗なガラス瓶の行列を見ると、どの瓶も他の瓶は無視して自分を選びなさいと誘っているので、目移りして苦悩するのだ。ブランデー玉より鉄砲玉の方がいいのか、レモン・ドロップより梨ドロップの方がいいのか、どうして決められようか！　どれもこれも欲しい。店にある瓶をすべて見ていると、苦しいばかりの食欲で、食道から胃の奥まで一杯になる。食欲の喜びは大きいが、その苦しみも大きい。妹がいれば選択は容易になる。妹と分け合うのであるが、妹がある種のキャンデー、例えばココナッツ・チップが好きでないと分かっているからだ。彼が身勝手なら、訳はない――ココナッツ・チップだけを買えばいいのだ。もし身勝手でなければ、少し躊躇してからココナッツ・チップを買う。若者は食いしん坊だ、と非難するのは結構だが、非難する人は経験がないのだろうか？　つまり、アーモンド・ロックへの欲望の痛みを覚え、それを皆と分けるので、自分の分は小さな一片だけになったという痛みを感じたことがないのだろうか。

皆と一緒にいるときにキャンデーを食べ、誰にも分けない少年は、とても不愉快である。私はそういう少年を一人知っていたが、彼は成人していずれ死刑になるだろうと誰もが考えていた。もっとも、善意の少年が、帰宅したら皆で分けるつもりで一袋のキャンデーを買ったのだが、家に着くまでに、どういうわけか、袋が空になっているのを発見することもある。私自身は一箱のヌガーを家に持ち帰るのが難しかった。買った時点では、それを分けたときの皆の嬉しそうな顔を心の目で見ることができた。でも、市内電車の二階席に上がったときには、箱を開けるのを我慢できなくなり、開けると、一個のヌガーの銀紙をむかないではいられなくなり、銀紙をむけば、食べないわけにはいかない。ヌガーで困るのは、一個食べると、もっと食べたくなることで、私は二個目も食べた。三個目を食べ終わったときには、残りが少ないので、家族六人で分けるには少なくなり、結局全部自分一人で食べてしまった。しかし皆に分けてあげるという夢を持てた。もし私の家が店から遠くなければ、家族は私が親切な聖人だと思ったことだろう。中世のベン・エズラ師は「我為すを望みて、為せず」であっても快く感じたらしいが、私の場合は、そう快くは感じなかった。ヌガーの最後を食べ終わった時は、自分は何と卑しい食いしん坊だと思った。

キャンデー愛の奇妙な点は、年齢とともに愛情が弱まることである。とくに理由はないようだ。人は年齢を重ねてもキャンデーを食べ、楽しみ続けるのであるが、仮に三十歳以下の人がキャンデーを食べてはならぬ、ということになったら、お菓子屋の半分は廃業せねばならなくなるだろう。三十歳以下のキャンデー好き百人に対して、三十歳以上は一人の割合である。お菓子屋のショーウインドーを無我夢中で覗き込む中年の人は滅多にいない。フランスでは、大人でもケーキ屋の前で目を輝かせるかもしれないが、キャンデー屋の前で、あたかも天国の情景を見ているようにうっとり見とれる人はいない。全ての中年男が私のようにキャンデーに無関心だというのではない。私と同い年で、ウイスキー・ソーダを飲みながらチョコレートを食べる人を知っている。女性も夕食後にキャンデーを食べる。しかし、大人はキャンデーのことで若い人のようにほんとうに興奮はしない。食後にネズミ形の砂糖菓子を薦めて歓声を上げる女性は一人もいないだろう。鶏形の砂糖菓子が上についたチョコレートのイースター・エッグを見ても、大人は夢中にはならない。友人の間に一袋の酸味ドロップを回して、何人がお礼をいうだろうか。

本物のキャンデー好きかどうかの試金石は、キャンデーへの無差別な愛情である。およそキャンデーという名であれば、嫌われている酸味ドロップから美味しい砂糖アーモンドにいたるあらゆるキャンデーを好むのだ。大きな鉄砲玉でほっぺたが膨らんでいる時も、ヌガーをかんでいる時も、同じように幸福なのだ。バターボールが大好きだけど、カンゾウ飴を馬鹿にしたりするようなことはしない。精巧に作られたチョコレートを賞味するが、ハッカ飴の美味しさも分かる。私は子供のとき、嫌いなキャンデーなど一種類もなかった。アニス入りの飴より他のキャンデーが好きだったけど、アニス入りの飴だって味わうことができた。子供はキャンデーの中で大好きというのはあっても、大嫌いというのは殆どない。

私が一番好きだったのはアーモンド・ロック——黒く平べったい中にナッツが点在していて周囲が白いお菓子——だった。それと、しゃぶっている間に色の変化するキャンデーも、その魅力に抵抗できる子供がいただろうか。口に入れた時は、青く、それから見ようとして口から出すと綺麗な赤になっていて、少ししゃぶってから取りだすと緑になっている。世界の奇跡の一つではないだろうか。これは今でも生産しているだろうか、それとも衛生上の理由で製造禁止になっただろうか。実は、私の子供時代に大好きだったキャンデーの一つを警察が発売禁止にしたことがあった。平たい蜂蜜味のキャンデーが二枚重ねになっているものだった。最大の魅力はその二枚の間に、運がよければ三ペンス隠れていることだった。町中の子供が隠れた三ペンスを見つけようとして、このキャンデーを競争で買った。しばらくして、やかまし屋がこれはギャンブルを奨励する危険があると指摘し、賭け事はいかんとして禁止されてしまった。三ペンスがなくなってからは、同じキャンデーでも味が違った。

大人になってからのタバコ、ビール、ワイン、ウイスキー趣味は、キャンデー愛の失われたことへの充分な埋め合わせといえるだろうか。タバコ屋やパブに入っても、むかしキャンデー屋で感じたような選択の興奮を感じられないようだ。タバコを買いに行っても、カウンターや棚にある色んな銘柄のタバコを全部試したいなどと思わない。タバコを一箱持って店を出てくるとき、宝物を手にしているとは思わない。タバコを買うのは楽しみのためでなく、吸わない不快さを避けるためである。葉巻愛好者やワイン好きは、子供がキャンデーに囲まれて持つのと同じ喜びを感じると言われている。しかし彼らも、子供の無差別の喜びは失っている。喜びの半分は、上等なワインや葉巻と下等な品との差が分かるということから生じるものである。他方、子供はえり好みでなく食欲が喜びの源泉である世界に生きるという幸福な立場にいるのだ。子供は下等なキャンデーなどという話は聞いたことなどなく、あらゆるキャンデーを、全ての花火や星を愛するのと同じように、平等に情深く見るのだ。

(Sweets)

遺失物

鉄道での旅行者の遺失物が今ロンドンの主要駅の一つで販売されている。その品物のリストが公表され、それを見た多くの人が人間の忘れっぽさに驚いている。だが、この件の統計学上の数字が入手できれば、忘れる客がそんなに多数だということになるかどうか、私は疑問に思う。実は、私が驚くのは人の記憶力がいい加減だということより、その素晴らしさである。現代人は電話番号まで記憶しているではないか。友人の住所も覚えている。ビンテージワインの年号も覚えている。昼食や夕食の約束も覚えている。男優、女優、クリケット選手、フットボール選手、殺人犯——こういう人名が頭に詰まっている。昔のある年の八月のある日の天候がどうであったかとか、その夏に酷い食事を出された田舎のホテルの名前さえ、覚えている。また、日常生活でも、当然記憶すべき、ほとんどあらゆることを覚えているではないか。朝に服を着るとき、何か一つでも忘れる人は、全ロンドンで何人いるだろうか。百人に一人もいない。おそらく千人に一人もいないだろう。家を出るとき玄関のドアを閉めるのを忘れるのは何人いるか。着衣の場合とほぼ同じ数だろう。そんな風に一日が過ぎて行く。なすべき事を時間通りにこなし、就寝の時間になる。この場合も普通の人は、寝室に行く前に消灯するのをまず忘れない。

このように記憶がきちんと働かない事柄もあるのは認めなくてはならない。医師が飲むように指示した薬をいつも忘れない人は、よほど律儀な人に違いない。これは驚くべきだろう。というのは、薬の飲み方の指示は、誰にも覚えやすいはずだからだ。食事の前か最中か後かのいずれかに飲むよう指示されているのだが、食事を忘れる人は居ない以上、薬も覚えていてもいい。しかし、よほど意思堅固な人でない限り、指定された時間に薬を飲む人はほとんどいないのは事実である。心理学者の中には、人が忘れるのは、忘れたいからだと言う人がいる。だとすれば、薬を飲むのを忘れる人が多いのは、薬が嫌いだからかもしれない。しかし、この説では、私のように、薬が大好きな者までが、ともすると飲むのを忘れるという事実は説明できない。私には、幅広く宣伝されている、万病に効くという新薬はとても楽しいのだ。それなのに、ポケットに新薬を忍ばせていても、飲む時間が近づくや否や、すっかり忘れてしまう。薬屋は人が薬を飲むのを忘れるから儲けられるのである。

一番忘れ易いのは、手紙の投函だと思う。忘れるのはごく一般的な現象なので、私は、訪問客が帰って行くときに、大事な手紙を預けようか預けまいか、いつも躊躇《ちゅうちょ》する。客の記憶力を信用していないので、手紙を手渡す前に、必ず投函すると誓ってもらうことにしている。私についていえば、私に投函など依頼するのは人を見る目のない人間である。私は手紙を手に持っていても、決まって最初のポストを通り過ぎてから、あ、出すのだったと気付く。手に持っているのに疲れると、なくさないようにとポケットに入れ、すっかり忘れてしまう。その後、手紙はポケットの中でおとなしくしているのだが、やがて一連の具合の悪い事態が生じて、私は厄介な質問をされ、遂に忘却罪の証拠として皺くちゃになった手紙をポケットから取り出すことになる。これは他人の手紙に関心がないからだという人がいるかもしれない。でも私は、たまに自分が書く手紙ですら投函を忘れてばかりいるのだ。

しかし列車やタクシーに物を置き忘れるという失敗はあまりしない。本とステッキ以外ならまず忘れない。本すら忘れないこともある。ステッキは、これはもうお手上げである。私にはステッキを集めるという古風な趣味があるので、しばしば購入するのだが、友人を訪問したり、汽車で旅行したりすると、必ずどこかに置いてくる。雨傘は失くすのが怖いので所持したためしがない。生涯で一度も雨傘をなくしたことがないなんて、どんなしっかり者でもありえないことではなかろうか。

旅行では、所持品を忘れて失くす人はほとんどいない。普通人は目的地に一つの鞄もトランクも失くさずに到着する。汽車の遺失物のリストから分かるのは、忘れるのは大人よりも若者だということ、それからスポーツマンは一般人より記憶力が悪いということである。たとえば、かなりの数のフットボールのボールやクリケットのバットが置き去りになった。これは理解できる。試合から戻ってきた若者は、自分らの手柄や失敗を思い出して、頭がグラウンドのことで一杯で、心ここにあらずの状態なのだ。外界から注意を逸《そ》らされている。試合の思い出のせいで、下車する際にボールやバットを置き忘れるのだ。試合後、彼らは夢の国の住民になる。釣り人が汽車の中に釣竿を忘れるのも、同じ事情であろう。釣り人はひどく想像力に富むとよく言われているが、本当かどうか知らない。その日の釣りが終わり、帰宅の汽車の中でほらを吹く人は、行動において上《うわ》の空《そら》になるに決まっている。ユートピアの釣竿でどんな獲物があったか夢みていれば、現実の釣竿は忘れてしまう。この種の記憶喪失は、いかに彼が魚釣りを楽しんだかの嬉しい証拠である。彼が釣竿を忘れるのは、詩人がロマンチックな事柄を考えていて、手紙を出すのを忘れるのと同じである。この種のぼんやりは私には美徳のように思える。忘れっぽい人は人生を最大限に生かそうとする人なので、平凡なことはうっかり忘れることが多い。ソクラテスやコールリッジに手紙を出してくれと頼む人などどこにいるか。彼らは、投函などを無視する魂を持っているのだ。

よい記憶力を持つことが望ましいかどうか、しばしば議論されてきた。自分の記憶力がとぼしい人は、とぼしいほうが良いのだと主張することがある。つまり、何もかもきちんと覚えている人というのは、一級の知性の持主でないことが多い、と彼らは言う。並外れた記憶力があるのに、知性の面では並だという子供や大人の例が挙げられる。でも私は思うのだが、大作曲家や大詩人は並はずれた記憶力の持主だったのだ。私の経験では、詩人のほうが株屋より記憶力が優れている。実際、記憶は詩人の素材である。他方、政治家は記憶力が極めて悪い。二人の政治家に同じ出来事を——例えば、ある閣議で何があったかを——思い出させるとよい。一方はもう一方について、彼の話はひどく不正確だから、物忘れがひどいのだろうとか、それとも嘘をついているのだろうとか、言うに決まっている。政治家の自叙伝や演説において誤謬がしばしば指摘されるところを見ると、この世にはまだ理想的な政治家――記憶力と知性の両方の天才――が存在していないのだと思わざるをえない。

　同時に、ある程度の記憶力は当たり前なので、それを持っていない人は変わっていると見られる。こんな父親の話を聞いた。赤ん坊を乳母車で散歩させるといって家を出たが、暖かい午前中で一杯飲みたくなり、散歩の途中でパブに入り、ビールを一杯飲もうと思った。乳母車を外に置いて、パブのドアの向こうに消えた。それから少したって、妻がたまたま買い物に出てパブの前を通り、愕然としたことに、自分の赤ん坊が寝ている乳母車を見つけた。夫の行状に立腹した妻は、夫を懲らしめてやることにして、乳母車を家まで引いて行った。夫がパブから出て来て乳母車のないのに気付き、青くなるところを想像した。妻は帰宅し、夫が唇を震わせて赤ん坊が盗まれたと嘆きながら、真っ青な顔で帰宅するのを、いい気味だと思いながら待っていた。しかし、昼食の前にようやく帰宅した夫は、にこやかに、「ねえ、今日の昼飯は何だい」と言った。赤ん坊を乳母車で連れて行ったことなどすっかり忘れていた。哲学者ならいざしらず、ここまでぼんやり忘れられる人は、我々の周囲に一体何人いるだろう？　我々大部分の者は、小心翼翼として律儀に記憶するように生まれついているから、この父親のような豪快さとは無縁だ。だが、そうでなかったら、大都会では家族制度が崩壊してしまうだろう。

(Forgetting)

4　ミルン

Alan Alexander Milne

1882—1956

日記の習慣

ある新聞が日記をつける習慣が廃《すた》れてきたと嘆いたところ、当然ながら、何人もの投書家が、いやいや自分は今もずっとつけていると投書をしてきたそうだ。この投書家たち全員の日記に「『デイリー』紙に投書。日記の習慣の廃れに反論」という書き込みがあるだろう。日記は、本来、そういう些細なことを書くものなのだ。

今日人々が日記をつけない理由は、誰にも事件らしいものが一つも起きないからではなかろうか。もし次のように書ければ、日記をつける価値が生まれるであろう。

月曜日　「今日も胸躍る日だった。通勤途中でフーリガンを二人射殺し、警察に名刺を渡すことになった。役所に着くと、建物が延焼中で驚いたが、英国スイス間の秘密協定の案文を運び出す余裕はあった。これが万一世間に知れたら、戦争が勃発する可能性高し。昼食に出ると、ストランド街で逃げ出した象を目撃。その時は気にもとめなかったが、夜になって妻に話したところ、妻は日記に記す価値ありと言う」

火曜日「弁護士からの書簡で、トムキンズというオーストラリアの金鉱業者の遺書により、私が百万ポンドの贈与を受けたと知った。日記をみると、二年前に私がサーペンタイン池に飛び込んで、この男の命を救ったと判明。大満足である。ナイト爵を受けるため、王宮に寄り、役所には遅く着いた。それでもかなり仕事ができた。だが、かみそりを手にした狂人が乱入し百ポンドを要求した。必死で格闘し、射殺した。ＡＢＣ店でお茶。そこで某公爵と出会う。帰宅の途中でテムズ河に滑り落ちたが、無事に岸まで泳ぎついた」

残念ながら、我々はこんな調子にはいかない。我々の日記はとても散文的で、実に退屈なものである。例えば、こうだ。

月曜日「今朝はベッドから起き出すのが億劫で、欠勤届けを出そうかと思った。だが、入浴と朝食の後は気を取り直した。一時半まで働き、昼食。その後五時まで仕事をし、帰途散髪する。夕食後シオドラ・ポプグッドの『男の情熱』を読む。駄作。十一時就寝」

火曜日「ジェーンから手紙。午前中よく働けた。昼食のときヘンリーに会った。彼に土曜にゴルフをしようと誘われたが、私はその日はピーターとプレーする約束をしているから、次の週の土曜はどうかと聞いた。ところが、彼はウィリアムと約束があるという。それで、彼と都合のつく日を決められずに終わった。帰宅の途中で靴を買ったが、どうも小さすぎるようだったが、店員はいずれのびると言った」

水曜日「昼にドミノをやり、五ペンス稼いだ」

もし今廃れつつあるのがこのような日記なら、廃れてもこの世にとって大きな損失ではないだろう。しかし、その日の行動を毎晩書き付けるのは、人によっては無害な楽しみなのだ。それに、散髪したのは四月二十七日の月曜だったと、何年か経ってから知るのは日記をつけた本人には面白いかもしれない。また、ヘンリーの亡くなった正確な日時について将来何か疑問が生じた場合、彼がともかく四月二十八日までは生存していたという証拠がこの日記に見つかるのである。それはもしかすると非常に重要な証拠になるかもしれないが、おそらくそうはなるまい。しかし、まったく重要ではありえないような日記もある。次に三番目の種類の日記を引用するが、弁解はしない。

月曜日「九時起床。階下に行くとメアリから手紙が来ていた。私たちは真の友達について、殆ど分かっていないのだわ！　上辺の親愛の情の仮面の下に、嫉妬という蛇のような牙が隠されているのに、ちっとも気付かないのだから。メアリは、バザーで私の模擬店の手伝いはできないと言ってきた。自分の模擬店で忙しいですって！　心ここに在らずで、朝食は機械的に食べた。結局のところ人生って何かしら？　昼時まで内なる宇宙について深刻に考えた。その後一時間横になり、心を落ち着かせた。今朝はメアリに腹を立てていた。私は何て心が狭いのだろう。いつまで経っても、自分の性質の足かせから抜け出せないのかしら？　私の内部にあるよい性質が、無我という高みに達する事はできないのかしら。四時に起きて、メアリを許す内容の手紙を書いた。今日は素晴らしい気分の一日だった」

多数の日記は、胸躍るような経験に乏しいので、内面の冒険を書き記すことになるのだと思う。「今日ボンド通りでライオンに襲われた」と書けないにしても、せめて「今日セントポール大聖堂で疑惑に襲われた」と書くことなら可能である。大多数の人はライオンには出会わないので、何も書かないか、それともせいぜい「理髪師の硬いブラシでやられた」程度のことを書くのである。しかし、何かしら書きたいという人もいて、そういう人は内面についてなら、自分独自のことが書けるのである。

しかし、日記をつけるあらゆる人の心には、自分の日記がいずれ公表されたらという願望があるのは勿論である。いつか未来の世代に発見され、二十世紀人は素朴なことしかしていなかったと驚かれるかもしれないし、あるいは、亡くなったばかりの偉人の内面生活を知りたいと願う次世代によって出版を要請されるかもしれない。一番よいのは、日記が書き手自身によって自叙伝の中で活用される場合である。

そう、日記をつけている人は将来自伝を書くことを視野に入れておかなくてはならない。自伝で、すっかり忘れていたことについて、「覚えているが」とか「はっきり覚えているが、日曜に昼食で某氏と会い、彼にこう言ったのだ」と書けるためには日記がなければならない。

何を言ったかはどうでもよい。優れた著者が老年においても素晴らしい記憶力を失わなかったと読者に思わせるのに役立てばよいのだ。

(The Diary Habit)

迷信

来年がどういう年になるかという真面目な記事を読んだところだ。雨の多い夏になろうという、誰もが想像している予測をしている気象学の専門家を含む、各分野の専門家の見解を紹介するものであった。最後の総括は、三流どころの予言者であるオールド・ムーアの予言であった。この予言には、残念ながら、感心しなかった。

私は占星術を信じたいと思うが、信じられない。星占師のザドキールが未来との接触を保って予言できるように天体がそれぞれの位置をしめているのだと、できるものなら信じたいとは思う。ある星が「上流社交界のセンセーショナルな離婚騒動」を人々に予告するために百万マイルも軌道から外れて飛び出すというザドキールの考えは、いかにも自信ありげである。だが、正直言って、星がそんなことにかかずらうかどうか、とても信じられない。星が何のために存在するのか、星まで行ったらどんな様子なのか、私は何も知らない。でも星が単に南アフリカの鉱山株の値が上がることを、どこかの不愉快な株屋に警告するためと輝いているのだとしたら、星空も美しいとは感じられなくなる。一般の人は空を見上げて、大空の下で自分がいかに卑小かと思うのだが、占星術の信者は天を見上げて、自分の圧倒的な偉大さを今更のように感知するそうだ。私は自分が信じていなくてよかったと思う。

迷信家にとって人生は非常に油断のならないものらしい。先日、晩餐会の席で、私は、自分は溺死の危険にさらされたことがないとたまたま発言した。これが本当だったかどうか確信はないが、罪のない無邪気な発言に過ぎないと今でも思う。ところが、私に説明する暇も与えずに、そばに座っていた誰かが「木に触りなさいよ」とうるさく言った。でも足は磨いたオーク材の床に乗っているし、肘は磨いたマホガニ材のテーブルにある（テーブルに肘をつくと具合がよいと何かの本能が教えてくれたのだ）から、溺死の心配は無用だと私は抗議した。しかし、晩餐会で議論するなど論外なので、言われた通り、仕方なくテーブルを数回叩いた。それで罰《ばち》が当たる事は無いと思う。だが、一体何者の怒りを宥《なだ》めたのか知りたいと思う。

木を叩くという迷信は、意地悪な悪魔が人の会話をいつも聞いていて、特に自己満足的な発言があると、それに反応するという考えに基づいている。「僕はおたふくかぜに曜《かか》ったことなしだぞ」と得意げに言う。悪魔は「わっはっは。そうだったかな。じゃあ、今度の火曜まで待ってみるがいい」と凄みをきかせる。無意識に人は運命の女神も人間的な弱点を持つと考えてしまう。池の側に立っている男が、「これまで池にはまったことなど一度もないぞ」と威張っているのを聞いたとき、たまたまそのすぐ背後にいれば、背中を押してやろうかという誘惑を抑えがたい。人にとっても運命の女神にとっても、抑えがたいけれども、もし男が木を叩いておけば、女神は誘惑を抑えてくれるものと、迷信の信者は考えるのである。

運命の女神であれ、悪魔であれ、木について特別な感情を抱いていて、人が木を撫でるのを喜ぶ、とは無論だれも本気で思わない。同じく、迷信に凝っている人でさえ、運命の女神が、塩をこぼしたり、梯子の下を歩いたりすることに対して、そんなに腹立ち易いとは本気で思ってはいない。同じく、晩餐会の席などで塩をこぼして、それを拾って左の肩ごしに投げる人は、別に迷信深いというのではなく、社交界で不手際をした場合に、よい作法の印とされている機敏な対応をしたに過ぎない。それでも、未知なるものの怒りを鎮め、禍《わざわい》をもたらすものの前で膝をかがめるのは賢い者の務めだと思う人は多い。罰が当たらないように、こういう一寸した習慣に従うことによって運命の女神に敬意を表するのである。形式だけの敬意であるが、それでも相手の権威を認めることでもある。

まっとうなバランス感覚があれば、迷信の付け入る余地はない。「わしの乗った船に限って難破などせぬ」と言い、直ぐ慌てて木に触れる人がいる。何故そんなことをするのだろうか。次の文を目の前にするからだ。「亡くなった人にX氏がいる。驚くべき偶然で、氏は事故の数日前に、自分は難破の経験がないと語っていた。次の航海で、この発言が悲劇的に否定されるなどと、夢にも思っていなかった」木に触れた人はどこかでこんな記事を何度も読んだのを思い出したのだ。そう、この記事なら、もしかすると読んだかもしれない。だが次の文は絶対に読んだことがないであろう。「亡くなった人にX氏がいる。驚くべき偶然で、氏は事故の数日前に、自分は難破の経験がないと、語っていなかった」この文なら、何回書かれても真実そのものを報じたものであったはずだ。バランス感覚を働かせれば、出来事の一方のみが記事になれば、それが不当に過大視されると気付くはずである。

運命の女神はわざわざドラマチックなことをしようとはしない、というのが真実である。仮に、諸君や私が生殺与奪の力を手にしたとしたら、人目に立つような派手なことをしようと試みるだろう。例えば、なにげなく塩をこぼした人が次の週に死海で溺死するとか、五月に結婚したカップルが次の五月に同時に死ぬとか。しかし運命の女神は、人間が考え出すような小賢しいことを考え出すような暇はない。仕事を堅実に散文的にこなしてゆくのみであり、通常の確率の法則によって時々あっと驚かせるロマンチックなことをなすのである。迷信がはやるのは、偶然起きたドラマのみが報じられるからに過ぎない。

しかし、禍を回避するまじないもある一方で、積極的に幸福を招くまじないもある。私はこの種のまじないは信じている。と言っても、蹄鉄を家の中に吊っておけば幸運が舞い込むと信じているのではない。人がそれを信じるのなら、蹄鉄を吊れば多分運が開けるだろうというだけである。もし自分が幸運に恵まれると信じれば、にこにこして仕事に励むだろうし、災害があっても微笑して我慢し、微笑を浮かべて再スタートを切るだろう。そうすれば、自然に幸福になれるというものだ。

(Superstition)

小説の断章

世の中は楽しく、愉快なことが起きる。例えば、つい昨日もイルフラクームに遊びに行っているというウイリアム・ベンソンから絵葉書を貰った。短い休暇でイルフラクームに来て、土地の景観に感動した、と言う。散歩の途中に土地が売りに出ているのに気付いた。どこの区画も海岸近くのとてもよい位置にある。この土地と結び付けて、すぐに私を思い出したそうだ。私が土地に投資しようとしているのを彼は前から知っていた。また、私が健康上の理由で、まもなくイルフラクームにやってくるという噂を聞いたとも言っている。いいチャンスだから、お知らせしておくと言う。売り出されている土地についての詳細は追ってお知らせ……などと書いてある。ウイリアム・ベンソンは本当に親切な男だ。ただし、唯一の欠点は手紙が印刷物になっているということだ。

わき道に逸《そ》れてしまった。この世に愉快なことが起きる、と書いたとき念頭にあったのは、実はベンソン君のことではなく、ある一組の恋人たちのことであった。この二人の恋の悲劇は、朝刊の「私事広告欄」で見た二行の文をもとにして、私があれこれ想像を巡らせて真相が分かったのである。実際の人生で何かとても素晴らしいことが起きると、感銘を受けた人が「本で読むようなことですなあ」と言うことがよくある。これは創作でない出来事に対する最高の賛辞と言ってよいかもしれない。この広告欄の裏に隠された話はフランスの新聞に載っている三文小説《フイユトン》や芝居に出てきそうな感じがする。

「パット、あなたがいらした時、私ひとりでした。私が犬に話しているのをお聞きになったのよ。お願いだから日時を指定なさって。デイジー」

これを読めば、誰だって、本当にあったことにしては、話がうますぎると思うであろう。アメリカのメロドラマでしか見られない新鮮さと素朴さがある。状況をここで再現してみれば、実人生が小説に驚くほど近いことがすぐ飲み込めるであろう。

パットはデイジーを恋していた。そして彼らは（いずれ明らかになる事情のために）密かに婚約していた。しかし、彼女が愛を誓ったにも拘わらず、彼女に近づくすべての男に彼は嫉妬した、惨めなほど激しく嫉妬した。彼は先週のある日ノッチング・ヒルの彼女の家を訪ねた。小間使が出迎え、明るく微笑みながら、「お嬢様は二階の応接間にいらっしゃいます」と言った。「ありがとう。案内しなくていい。僕がドアのところで来たと伝えるから」(これで二人が婚約しているのが分かる。応接間のドアのところで彼は来たと伝えて、その次に広告欄から想像されるような状況に立ち至ったに違いない。もし婚約者でなかったなら、メイドを介さずに直接自分で来たと伝えることはできなかったであろう。)

パトリックはノックする前一瞬応接間のドアの外で立っていた。その一瞬の間に悲劇が起きたのだ。彼はデイジーの声を聞いた——「ダーリン! 何ていとおしくて、きれいなんでしょう! キスしたいわ」

パトリックの顔が途端に曇った。歯を食いしばった(芝居でよくその場面があるように)、それからドアからよろめきながら後退《あとずさ》りした。「これで終わりだ」とつぶやいた。階段を大またで降り、重苦しい通りに出た。一方応接間では、デイジーとポメラニアンの子犬が、どうしてパトリックが現われないのかといぶかしんでいる。

さて、パトリックが全て終わったと記したデイジー宛の手紙がどういうものであったかを想像しよう。自分が「偶然に」(彼はきっとこの点に拘りそうである)彼女と彼女の……（多分ここで「情人」のような露骨な語を使ったであろう）との間で交わされた愛の言葉を聞いてしまった事情を説明するだろう。「賢くはないが愛し過ぎたという過失しかない」男を裏切ったことを責めるだろう。女性に対する信頼を無くしたと暗い口調で述べるだろう。ここまでは確かである。しかし、恐らく追伸の形で、こんな脅迫めいたことも書いたのではあるまいか。「君が僕宛に手紙を書いても無駄だ。弁明など出来っこない。君から手紙が来ても、開かずに破棄する」このように書いてあったとしても、デイジーが手紙を出さなかったかどうかは疑問である。手紙が来ても開封せずに棄てるというが、実際には、なかなかそう出来ないものなのだ。だから、想像するのだが、パトリックからの手紙には、更にこんな追伸もあったのではなかろうか。「一緒に楽しい多くの時間を過ごしたロンドンにはもう留まれない。今夜多分ロッキー山脈に向かう。そこまで手紙は転送されることはない。僕を追いかけようとなどしないでくれ」

それでデイジーとしては、連絡と説明の唯一の手段として朝刊の「私事広告欄」に頼るしかなかったのである。「あなたがいらした時、私ひとりでした。私が犬に話しているのをお聞きになったのよ。お願いだから日時を指定なさって。デイジー」この最後の文には、ほんの少し皮肉がこもっているようで面白い。「後生だから、連絡しないで直ぐノッチング・ヒルに駆け戻って来たりなさらないで！　さもないと、私が猫かカナリアと話しているのを聞くかもしれませんわよ。日時を指定してくだされば、いらした時、部屋に動物がいないように気をつけます」という意味合いがあるような気がする。どうやらデイジーはパトリックのことをよく分かっていたようだ。実際、私も彼のことが分かってきた気がする。デイジーが連絡に「広告欄」を選んだのは、パトリックがそれを好むと知っていたからではないだろうか。パトリックがその種の欄を好みそうな人間であるのは確かである。水曜日の朝、新聞を開いて最初に見るのはその欄なのだ。

二人のハネムーンがイルフラクームで過ごされるかどうかを考える。パトリックもベンソンの絵葉書を受け取ったに違いない。皆あれを受け取っているのだ。ただ、実際に彼がロッキー山脈に行ってしまっていれば、どうだろうか。そうであれば、まず確実にベンソンの絵葉書は転送されなかったであろう。

(A Slice of Fiction)

アカシア通り

郊外生活には、むろん、マイナスがある。芝居を見ていると、四幕目で浮気をした妻の運命がどうなるか、はらはらして見守る瞬間があるのだが、それとまったく無関係にヴィクトリア駅十一時十五分発の最終列車は出てしまう。こんな瀬戸際で劇場を後にしなくてはならないなんて困った話だ。その上、途中までの観劇のためなのに、出かけるときは、午後早めにハイ・ティーを取り、急いで着替えをしなくてはならない。しかし生活全てを観劇の便不便で推し量れるものではない。郊外生活を十一時十五分の列車を理由に非難するのは愚かである。

ロンドンから八マイル離れた郊外に、ゴルフに行くとき時々通ったことのある道がある。確か「アカシア通り」とか、きれいな名前で呼ばれていたと思う。この道でも雨は降るのだろうが、私が通るときは一度も降らない。ピンクのサンザシのある「キバナフジ・ロッジ」、二本のすらりとしたライムの木のある「スギ館」の二軒に太陽は輝き、

「ヒイラギ荘」のキヅタに太陽は影を落とし、道全体に快い午後の静けさがみなぎっている。ここを通るたびに、太陽が照っている時のここでの生活はさぞ幸福だろうと感じられる。例えば、ピンクのサンザシのある「キバナフジ・ロッジ」で暮らすのは楽しいものに違いない。郊外の家庭こそ、本当の家庭なのだと、思うことがあるくらいだ。

「キバナフジ・ロッジ」の前を通るとき、夫が家の門のところで妻に「行ってくるよ」と言って、散歩を兼ねてゆっくりと駅に向かって歩く情景が目に浮かぶ。汽車が混んでいたって平気だ。新聞でも読みながら行けばいい。そうしていると、もうシティーに着く。シティーでは、起こること全てが面白く感じられる。帰宅して何でも妻に話してやるからだ。通りで起きるごくありふれた出来事も、人に話すということになると、結構面白いものに思えてくる。ささやかな事件について、「帰宅したら妻に話すのを覚えておかなくては」と言える者は幸いである。本当に「帰宅する」という言葉を使えるのは、郊外に住む者だけである。グロヴナー通りに「帰宅する」とは言えない。そこでは「出る」と「入る」と言うしかない。

だが、「キバナフジ・ロッジ」の夫は、逃げ出した馬の事件よりも、もっと面白い話を妻に語れるかもしれない。昼食の時に、新しいジョークを聞くかもしれない。そのジヨークはシティーの者なら誰もが知っているかも知れないが、郊外の妻が聞いたことがあるとは思えない。聞いたジョークを配偶者のために大事に覚えておくというのは、結婚生活の楽しみかもしれない。妻も夫に聞かせたい話がある。季節遅れの何とかいう植物が突然花を咲かせたというような出来事がありうる。帰宅する夫がアカシア通りを歩くとき、そういう期待のために足取りが軽くなる。こうしてピンクのサンザシのある「キバナフジ・ロッジ」では、面白い出来事がいくつも起きたその日が終わり、夫婦は再会して幸福である。夕暮れがまだ明るければ、夫婦が共同で園芸に勤しむことも出来る。

もし人生がこれ以上のものを与えてくれるとすれば、それは「ヒイラギ荘」で見つかる。赤ん坊がいるからだ。赤ん坊がいると、夫は心を躍らせて帰宅するだろう。留守中に起きた出来事の数々を聞く楽しみがあるのだ。ドロシーに新しい歯が生えて来たとか、アンがパン屋の小僧について驚くような生意気なことを言ったとか、話題は尽きない。アンは朝パパと一緒にアカシア通りの終わりまで歩くこともある。この通りは安全で危険なことは一切起きない。犬までおとなしくてよくなついている。「ヒイラギ荘」の夫は通りのはずれでアンにバイバイをし、夕方帰宅したときも元気一杯だろうな、と思いながらシティーに向かう。すると、その日の仕事をテキパキとこなす元気が湧いてくる。

だが、郊外生活の幸福の秘密を教えてくれるのは「スギ館」である。「スギ館」は今まで見てきた他の家よりずっと豪華である。裏手にテニスコートがある。この館には成人した息子と娘がいる。アカシア通りのこういう家では、目下楽しい恋愛が進行中である。郊外では、結婚はお見合いで決まるのではない。「スギ館」や「ニレ館」や「バラ堤館」の間で自然に楽しい交際が育つ。トムがラケットを手にして「ニレ館」に歩いて行くのが見える。ミューリエル嬢とテニスをしようというのである。トムは夕食に誘われるのを期待し、多分そうなるであろう。とにかく、彼は彼女に明日は僕の家にランチに来ませんかと誘っている。母がいろいろお話したいって。でも、実際はお喋りは主にトムがすることになるだろう。

アカシア通りで結ばれた結婚は幸福だと思う。だから、「ヒイラギ荘」や「キバナフジ・ロッジ」の夫婦について私は何の心配もしていない。無論彼らはこの通りで恋愛したのではない。どこか他の郊外にあるアカシア通りから、住むのは両親の近くでないほうがいいと賢明にも考えて引越してきた。でも、彼らはトムとミューリエルと同様の方法で出会った。彼は、彼女の家や彼の家や、テニスコートで、「やぐら庭荘」と「荒地荘」の無作法な青年たち(困った奴らめ!)に囲まれて、彼女と会った。彼女は彼が自転車から落ちたとか、父と喧嘩したとかいう話を聞いた。幸い、二人はこうしてお互いについてすべてを知っている。だから、これからも仲違いなどしないで、幸福に暮らしていくだろう。

それから、今考えたのだが、もし彼らが芝居が大好きであれば、郊外には地元の劇場がある。十シリング支払えば、舞台わきの特別席に陣取って、劇場全体に贅沢と洗練の雰囲気を広めることができる。最前列の一等席を隔てて向こう側の特別席にいる「スギ館」の人と気軽に挨拶できる。この特別席の奥ではトムとミューリエルが手を握りあっているのは間違いない。

(Acacia Road)

昼　食

食べ物は会話の話題としては天候よりも新鮮で面白い。天候についての話題はどうしても限度があるけれど、食べ物なら、いくらでも延々と喋ることができる。それに、気候状態の話では(どういう天気が好きで、どういう天気が嫌いかについては同意見の人が多いから)熱っぽく議論を戦わせることは殆どない。議論しないのであれば、意見が同じ者同士が親しみを覚えることもない。しかし、食べ物の好みははっきり差があるので(確か、ラテン語でもフランス語でもそういう趣旨の諺《ことわざ》があった)、明確に意見の一致があれば、それはあらゆる結びつきの中でもっとも親密なものになる。例えば、誰かタピオカのプディングが大嫌いな人がいれば、その人は私の親友になるのだ。

朝食、昼食、夕食のどれが一番好きか、個人差がある。私は昼食が一番好きだけれど、だからと言って、朝昼夕お茶にも昼食を食べたいというのではない。四回(あるいは夜食を入れれば五回)の食事で、昼食を一番美味《おい》しく食べるとか、一番沢山食べるとかいうのでもない。(その何よりの証拠には、私は昼食を完全に抜くことさえしばしばあるのだ。ジャーナリスト稼業のしわ寄せでそうなる。例えば今日も抜くことになりそうだ。)私がいうのは、昼食はその普遍性の故に抽象的に私が一番関心を持っているというだけである。

朝食と夕食は自宅で、あるいは他の家で取るが、昼食はいわばロンドン任せにする。ロンドンはそれに応えて、様々な食事を提供してくれる。シャンパン付きの六品で、おまけに川を眺められるという豪華なのから、明り取りの窓の下で落とし卵だけで、ドミノの牌《ぱい》を借りて遊べる、というのまである。椅子に座ってもいいし、立っていてもいいし、望めば古代ローマ式に横になっていてもいいだろう。二時間かけてもいいし、五分でもいい。毎日違う物でもいいし、(実際そういう人を知っているのだが)毎日同じ肉料理とポテトチップにしてもいい。ポテトチップは食べにくいし、栄養に欠けるので、自然の神が人間用の食料に定められたとは私には信じられない。まあ、ポーカーの点棒の代りになるくらいか。おや、話題が逸れた。

昼食には、次のようなロマンスもある。つまり、株の仲買人とか俳優兼劇場支配人とか出版人とか、そういう顔役相手の大仕事が昼食の席で始まったとロマンチックに想像できることがあるのだ。マーガリン株を買いあおるべきか、靴墨株を売りたたくべきか、決まらぬ新劇の題名をどうすべきか、本のアメリカ版を出版すべきかどうか、こういう緊急の問題が生じた場合の最後の言葉はいつも、「じゃあ、一緒に昼食を取りながら話し合おう」になる。ボーイが帽子とコートを受け取り、こちらがおずおずとメニューを眺め、誘ってくれた側が「飲物は何にします?」と言うのに答えて、「あなたがお飲みになるもので結構です」と答えて(それ以外の答えはありえないし、それによって、こちらは自分で一本飲む気がないのを相手に伝えるわけだ)、ようやく、仕事の話が始まる。イギリスの歴史が僅かでも(その段階では何ページとは判断できないが)進展するかもしれないのである。

昼食では仕事が始まるだけではない。旧交を温めることもできる。「やあ、久しぶりじゃないか。その中に昼食でも一緒にしないか?」とストランド街で言われた経験は誰にでもあるのじゃなかろうか。これに答えて、「いいとも! 是非そうしよう」と言い、心が温かくなり、翌日になってすっかり忘れるまで、温かさが残るのだ。晩餐への招待は堅苦しいし、お茶への招待は不要だし、朝食への招待はありえないが、昼食への招待は、とても友好的で、気分がよく、形式張らない。それ自体で完結しているから、実際に食事するかどうかは二の次である。

ロンドンでの昼食をまだ論じ切ったわけではないが(どうも私は今日の昼食はなしで済ますことになりそうだ)、ここで田舎での昼食のことを一寸考えてみよう。野外での昼食のことではない。それがどんなに素晴らしいか言わなくても明白である。このような短いエッセイでは明白なことを取り上げる余裕はない。田舎の屋敷内での昼食のことだ。こういう食事の一番いいところは、食卓につくとき、気に入った婦人の隣の席に座ってもいいことである。晩餐会だと彼女は、不適切な男と座るように決められているかもしれない。朝食では、席につくのが、彼女より早すぎるか遅すぎるか、結構面倒だ。お茶の時だと、彼女のためにパンとバターを取りに行っている間に、こちらが取っておいた席を奪われる可能性がある。しかし昼食なら、彼女の後ろから食堂に入り、隣に座ればよい。

しかし、ロンドンでも田舎でもないところで、とても楽しく昼食が取れる場所があるのだ。実は、そこでの経験が最近あったので、昼食について書こうと思ったのである。汽車での昼食である。ただし、二回目の食事時間でなければならない。それは一時半からだ。その時刻だとロンドンからある程度の距離まで来ていて、お腹もすいている。車窓の景色はパノラマのようだし、美しい西部が次第に近づいてくる。いくつもの川を渡り、小さな村の側を走りぬけ、見知らぬ古い町の中をゆっくり、感心しながら通過してゆく。その間にボーイはポテトを食卓に置き去りにして姿を消してしまう。

頂いても構わないだろう。ボーイが放置するのがいけないのだから。頂くことにしよう……。私の意見に過ぎないが、ポテトの好きな者に悪い奴はいない。

(Lunch)

十七世紀の物語

『タイムズ』紙の一面にある、誕生、結婚、死亡の欄のどの名前にも物語がある。私は毎朝その欄に目を通すが、知っている名前でない限り、見知らぬ他人の物語は気に掛けない。最近亡くなった人の名前では、あまり興味をそそられない。しかし、田舎の墓地で、古い墓石に刻まれている名前を読むと、時に考え込んでしまう。今から百年前にどういう人の生涯が終わりを遂げたのだろうか。

教区の戸籍には、履歴の全てが記録されている。誰がいつ生まれ、いつ結婚し、何人子供を持ったか、いつ死亡したかと。それぞれの人生の骨格のみだが、それに空想によって服を着せて、生き返らせることができる。のんびりした農村では、人はみな素朴な一生を送っただろうと、思い勝ちである。「人来たりて、畑を耕し、地に横たわる」これだけだ。素朴な仕事、素朴な娯楽、素朴な死だと。

これは、むろん、誤った想像である。彼らの一生には情熱もあれば、苦悩もあった。

ひょっとすると悲劇もあったかも知れない。墓石も戸籍も沈黙したままだ。あるいは、語っているのだが、解読できぬ暗号で語っているのかも知れない。しかし、暗号解読の鍵が存在するように思える場合もある。以下は村の教会の戸籍を元にした物語である。記録は四つだけだが、悲劇が秘められていて、一寸想像力を働かせれば、復元可能である。

最初の記録は結婚。一六八一年十一月七日にリトルホー館のジョン・メドーズ、独身、がメアリ・フィールドと結婚(双方この教区の者)。結婚による子供なし。結婚自体がただの一年しか続かず。

二つ目の記録。結婚一年後、一六八二年十一月十二日にジョンが死亡し埋葬。未亡人メアリ・メドーズは館で一人になった。傷心の身で淋しく暮らし、誰が慰めようとしても拒むと人は想像するが……。

三つ目の記録に至り、想像の誤りが判明。ジョン死亡の一月後、一六八二年十二月十二日に、ロバート・クリフ、独身、がメアリ・メドーズ、未亡人、と結婚。想像が汚《けが》された。

それから四つ目の記録。悲劇が発覚し、リトルホー教区の戸籍に秘められた物語――

リトルホー館の謎――について想像を逞しくさせるのはここからである。というのは、もう一つの死亡、メアリ・クリフの死亡が記録されているからだ。メアリ・クリフは一六八二年十二月十三日に死亡。神に見捨てられた土地に埋葬された。

ということは、メアリ・クリフは自殺したと、想像するしかない。二回目の結婚の翌日自殺したのだ。

そこに一体どんな物語があるのだろうか？　想像するしかない。これが私の考えた物語であり、正しいものであるか否か確かめようはないけれど、分かっている事実関係と適合するようだ。

メアリ・フィールドは裕福な両親の一人娘だったので、世俗的な観点から見れば、村一番の理想的な花嫁だった。だから、両親が夫として選んだのが村一番の理想的な花婿、ジョン・メドーズであったのは当然であった。フィールド家の土地はリトルホー館に隣接していた。ジョンとメアリの子供がいずれ双方の土地を所有するであろう。そう予想して、結婚が取り決められた。

しかし、メアリはロバート・クリフを全身全霊で愛していますと両親に打ち明けた。ロバートは身分が低い男だ、馬鹿馬鹿しい、と両親は思い、娘もいずれ自分の愚かさに気付くだろう、と言った。ハンサムなので惚れただけだ。ジョンと正式に結婚してしまえば、ロバートを忘れるだろう。ジョンはハンサムではないかもしれないが、堅実で信頼できる男で、その点、ロバートとは正反対だった。

そこでジョンとメアリは結婚した。しかし彼女はまだロバートを愛していた……。

彼女は夫を殺害したのだろうか？　それともロバートと示し合わせて二人で殺したのか。それとも、夫が何かの病気だった時、放置して死なせたのか。それとも夫には扱い切れぬと分かっている荒馬に無理やり乗せたのか。夫をあざけって何か向こう見ずな行為に走らせたのか。それとも自分一人あるいは愛人の手伝いで、計画的に殺したのか。分からない。彼女が夫殺しを疚《やま》しく感じていたのだけは明瞭である。直接であれ間接であれ、自分に責任があると思っていた。しかし、あまり考えないようにした。彼女の心には一つの考えしかなかった。自分は今リトルホー館の唯一の主人であり、自由に望む人と結婚できるのだ。ようやくロバートと結婚できるのだ。どんな疚しいことをしたにせよ、その結婚のために、する価値があったのだ。

そこで彼女はロバートと結婚した。そして真実を知った、と私は見る。ロバートは彼女を愛したことは一度もなかった。金持のフィールド家の令嬢と結婚したかっただけだった。更に、金持のメドーズ家の奥方と結婚したかっただけだった。彼はその点について無神経に本心を告白した。真実を今はっきり知ってもらったほうがいい。さもないと後で面倒なことになるからな、と彼は言った。

それでメアリは自殺した。ジョンを殺しても、何にもならなかった。ジョンの死亡に対してどういう責任があったにせよ、ロバートの本心を知って絶望した今、彼女は自分を人殺しだと思った。男への愛のために、良心に背いて、殺人まで犯したのに、男には愛がなかったのだ。となれば、ジョンの後を追う以外の道があるだろうか。メアリはそう思った。

これが名前に秘められた物語だったと考えて、よろしいだろうか。

(A Seventeenth-Century Story)

自然科学

新聞が一番面白くなるのは、議会が開かれていない時だ。今日私が見つけた記事も、忙しい時なら新聞に載らなかったような内容であるが、妙に私の心に触れた。これがその記事だが、嘘でないことは、権威あるチャーマーズ・ミッチェル博士が保証している。

「プス・モスという蛾の毛虫は、大自然が身の安全のために準備してくれた方法だけでは足らんと言わんばかりに、自分を餌にしようとする若鳥に向かって怖い顔をする。それで若鳥はかなり怯《おび》えると言われている」

「言われている」という表現が面白い。若鳥自身は、怯えたことを憤然として否定し、自分が毛虫の元を立ち去ったのは、クリケットのグラウンドでの約束を急に思い出したからだとか、雨傘を持参するのを忘れたからとか言い張ることだろう。しかし、怯えさせるかどうかは不明だが、プス・モスの毛虫が若鳥に向かって怖い顔をするという事実は変わらない。そして毛虫は自分の身を守るために始めたにしても、その習慣がすっかり身についてしまったのは確かであろう。

実際こんな場面が目に浮かぶ。毛虫が鶫《つぐみ》の巣を探して、そこまで木を登り、突然巣の端から顔を突き出し、こわい顔をするのである。もしかすると、母鳥が子供を叱る時、そんな悪戯《いたずら》するとプス・モスの毛虫が狙いにくるなどと言っているかもしれない。一方、可哀想に、毛虫は母親に世話されたことがないので、「そんな怖い顔ばかりしていると、いつもそんな顔になりますよ」などと誰にも注意されたことはないのだ。

このように博物学にちょっと首をつっこんでみると、自分の子供時代が鮮明に浮かぶ。私はプス・モスを飼っていたことはないけれど、オオボクトウという蛾を持っていた。この蛾はマッチ箱に入れておくと、マッチ棒を食べて出てくる。私が覚えているところでは、マッチ棒を全部体に入れて持っていってしまったようだ。もっとおとなしい性質の蛾も飼っていて、その中の何匹かは嬉しいことに蛹《さなぎ》になって手元に残った。けっして全部がそうなるわけではない。毛虫は恥ずかしがりで、人前で着替えるのを好まない。どこか静かな片隅で——堅くなったかどうか毎朝さわられないようなところで——変態を行うのが、毛虫としては望ましいのである。私の飼っていた毛虫には私生活《プライバシー》はなかった。王室や女優と同じく人前にさらされていた。そのせいか、蛹にまではなれても、その次の蛾には一匹もならなかった。いつも何かが起きてしまうのだ。「僕の蛹、見なかった?」と友人同士でお互いに聞き合ったものだ。「昨日バスルームに置いておいたんだけどな」

私がもっともうまく取っておけたのは鉱物だった。よい鉱物学徒になれるか否かは、地質学用のハンマーを持っているかどうかにかかっていた。私は持っていたのだ。地質学用のハンマーと標本を入れる袋を持って崖のあちこちを探すのは少年たちの間で王様になることだった。私がハンマーを使って採集できた唯一の標本は一片の脛骨《けいこつ》だったと記憶している。しかし鉱石学徒として標本を採集する経験はそこまでだった。数ヶ月探してもほとんど採集できず、最後には、十八点の鉱物コレクションが出来ただけだった。毎夕ベッドの上に大きさの順に——つまり氷州石の大きな塊から小さな死んだタマキビガイまで——並べたものだった。当時は聞かれれば花崗岩が何から生成しているか答えられたと思う。ベッドの上に各地域別の地層の地図を張っていた。チョコレート・マカロンのように違った色彩に分けられていた。当時は地質学博物館へ行く道を知っていたものだ。

植物学徒として私は輝いたことはなかったのだが、友人と私は野外講座に参加して、キューガーデン他の遠足へと連れて行ってもらった。参加者は我々以外は皆成人だったが、講師が生徒にあまり難解ではない神秘を説明してくれるのだった。ある快晴の土曜日に私たちはピナーでの講座に間に合わなくて、代わりに自分たちだけでピクニックをした。それ以後は何かしら出来事があって一行に参加しなくなってしまった。特に覚えているのは、ハイゲート森での一日のことだ。この森は植物学の講師と離れ離れになるのに好都合な場所だった。もし誰かがあの森に行っていれば、二人の小さな少年が、すっかり満足して、大きな石板の両端にうずくまって各自の毛虫を競争させている姿を目撃したことであろう。

しかし私の自然科学の学徒としての経歴――その細部までが「毛虫」という魔法の言葉で蘇るのだが――において今だに無念な失敗なので興奮するエピソードがあった。ガマを剝製にしようという試みだった。ガマを剝製にすることが可能なのかどうか、今でも分からないが、私たちの飼っていたガマが死んだとき、何らかのやり方で記念したいと思い、大理石の碑を建てられないので、剝製にするのがよいと思った。皮を剝いだ時点で、難しいことに気付いた。皆さんが、ある程度の大きさのガマの皮を手に持ったことがあるかどうか知らない。もしあれば、私たちがまず驚いたのは、ガマの体全体がこんな小さな皮に包まれてしまうことだったのが分かるだろう。皮はおよそ形らしいものでなかった。懐中時計の裏側にのせて運べるほどだった。はっきりとは忘れたが、私たちはそうして運んだと思う。しかし、とにかく皮はガマとは似ても似付かぬものであったから、剝製など無意味なのは明白だった。

小さな少年がガマの皮を剝いだり、地質学用のハンマーを手にしたり、植物学の教授を騙したりするのは、もちろん、よくない。いけないのは分かる。それから、プス・モスの毛虫は臆病な若い鶫に向かってこわい顔をすべきでないのは勿論である。しかし、正にこういう全ての事柄が、後になって——つまり、教授もガマも立ち去り、ハンマーは石炭貯蔵所で錆びてころがり、若い鶫が成鳥になった時に——楽しい思い出となるのである。

(Natural Science)

無罪

朝食のために階下に行こうとすると、メイドが上がってきた。

「警察の方がいらっしゃいました。書斎にご案内しておきました」彼女が小声で告げた。

「ありがとう」私はあたかもそれを予期していたかのように答えた。

ある意味では、多分、予期していたのであろう。むろん、この朝にというのではなかったが。だが、自分が逮捕されて刑務所に連行されて行かれる日がいずれ来るのは分かっていたのだ。できれば時間的にもっと後であれば、もっと覚悟を決められていいのにとは思った。連行する前に朝食を取るのを許してくれるだろうか？　逮捕された者は、空き腹では言いたいことも言えないが、食事を済ませた後なら落ち着いて神妙に振舞うことができる。よく新聞記事にあるように、「容疑者は自分の立場をしかと認識しているようには見えぬが、落ち着いた外貌を保つ」ことができる。「抵抗せずに」警察に行き、告発に対しては、「事情を説明すれば納得してもらえます」と主張できる。実際、書斎に向かいながらしようと決意したことを何でもできる。しかし、それは朝食を取るのを許された場合の話である。

書斎に入りながら、自分がどんな罪を犯したのか――正確には、自分がどういう罪を犯したように見えたのか――をあれこれ思案した。実は、そこが私の困ったことだった。私という人間は、あたかも何か悪い事をしたように見えやすい性質《たち》なのだ。銀行で小切手を現金化しているとき、肩に手を置かれ、怖い声で「こっちへ来たまえ」と言われるんじゃないかとヒヤヒヤしている。デパートの中を手に包みを持って通ると、誰かが耳元で「支配人が内々に部屋でお目にかかりたいと言っています」と囁く気がする。生まれてこの方、一度も偽造や万引きをしたことなどないのだが、外観の面で、本物の偽造犯や万引きが潔白な私と似ていると思えば思うほど、ますます自分が犯人らしい外観を呈することになる。私が支払いを小切手で済ますとき、私の顔に「預金既に貸し越しだ」と書いてあるのが店全体で読まれてしまう有様だ。実際、あまりにも見え見えなので、戦争中はコックス銀行での取引を断念しなければならなかったくらいだ。

「おはようございます」警官が言った。「今朝六時に私が巡回しているとき、お宅の食堂の窓が開いていました。それをお教えしたほうがよいと思いましてね」

「そうでしたか」私は少しがっかりして言った。

この時までに、私は被告席からの発言を準備していたから、それを無駄にするのが残念に思えた。「不当に告発された者」という役どころほど人気のあるものは他にない。あらゆるメロドラマの主人公は、劇のどこかで不当告訴に遭うことになっている。さもないと、彼が主人公と認識されないのだ。私は自分が被告席にいて、最後まで無罪を主張し続ける場面を思い浮かべた。証人席に座り、容赦ない反対尋問によってもぐらつかぬ自分を見た。友人たちが私の完全無欠な人格について証言する姿を見た。

だが、友人はどういう証言ができるのであろうか。自分がどういう罪に問われているにせよ、被告席にいて、あれやこれやの友人が弁護のために証言してくれるのだが、一体、彼らは何を証言できるのだろうか？

友人は何を知っているだろう？　私が退屈な男かそうでないか、不満屋かそうでないか、気前がいいか悪いか、感傷家か皮肉屋か、楽観主義者か悲観主義者か、ユーモア感覚があるかないか、それしか知らない。刑事上の罪とは無関係だ。無罪の可能性を高めるようなことを彼らは知っているだろうか。あまり知らなそうだ。ある友人が、「ジョーンズのことなら、よく知っているよ。隅々まで分かっている。なに、まっ正直な単純な男です」と証言したら、それには立腹して抗議する。でも誰かが、「ジョーンズには奥深いところがあるようですね。私個人としては、よくは分からぬ人としか言えません」と証言すれば、こちらは慎み深く下を向き、そうだ、自分は謎めいた人間なのだと納得するのである。女性はこういう心理をよく心得ている。お世辞をいうなら、「お顔は仮面ですわ。何を考えていらっしゃるのか、見当もつきません」というのだ。そう言われると、満足して喉を鳴らしてしまう。

そう、被告席に入ってしまったら、友人の証言はあまり助けにならない。友人は、私が起訴された罪を犯すことなど出来ないと主張するだろうが（実際、私の場合は、それが正しいわけだが）、陪審員は友人が本当のところは分かっていないと思うのだ。あるいは、私のことを本当に知っている、役立つ弁護のできる友人に証言させなかったと推察するであろう。それ故、私は自分だけを頼りにして、被告席から有利な弁論を述べ、反対尋問にもうまく対応しなくてはならない。

「食堂の窓が開いていましたよ」警官が言った。

「済みませんね。今後は気をつけます」

しかし幸いなことに、この罪では逮捕されえない。そこで私は書斎から出て、玄関のドアを開けた。警官は去って行った。

(Not Guilty)

解説

本書『たいした問題じゃないが』は、二十世紀初頭に活躍したガードナー、ルーカス、リンド、ミルンという、四人のイギリスの名エッセイストの選集である。

イギリスでは、他の欧米におけるよりも、文学の一ジャンルとしてのエッセイの地位が高いようである。イギリスにおけるエッセイの祖は、シェイクスピアと同時代の哲学者フランシス・ベーコンまでさかのぼれるのだが、彼の場合はエッセイと言っても、評論とあまり違わぬ堅苦しいものであった。十八世紀に入ってジャーナリズムが勃興すると、ジョウゼフ・アディソン、リチャード・スティールなどが政治経済だけでなく、風俗習慣、身近な出来事などについて、一般庶民に親しみやすい形でエッセイを書くようになった。さらに十九世紀には、チャールズ・ラム、ウィリアム・ハズリット、リー・ハントなどが、一段と親しみ易い、しばしば人の心を打つ、哀愁を湛えた、しかもユーモアの感覚に満ちた、滋味のあるエッセイを多く執筆するようになった。特にラムの

『エリア随筆』は傑作として名高く、日本でも早くから紹介され、愛好家が多い。

二十世紀の最初の四半世紀は、このラムの伝統に立つエッセイの黄金期であった。各新聞、雑誌が競うようにして、エッセイに多くの紙面を割き、そこに寄稿するエッセイ作家がぞくぞくと輩出したのだ。本書はその中で、質量ともに傑出した四名を選びその代表作を翻訳した、事実上日本で最初のアンソロジーである。まず生年順に彼らの略伝を記そう。

A・G・ガードナー(一八六五―一九四六)は、イングランド、エセックス州の州都チェルムズフォード生まれのイギリスのエッセイスト、ジャーナリスト、伝記作家である。若くして文才に恵まれ、『エセックス州クロニクル』や『ノーザン・デイリー・テレグラフ』の記者として十五年働き、その後一九〇二年から一九年までロンドンの『デイリー・ニューズ』の編集長の地位にあった。その間、一九一五年から新聞協会の会長でもあった。その後、ロンドンの夕刊紙『スター』に「アルファ・オブ・ザ・プラウ」(北斗七星の主星)という筆名で数多くのエッセイを寄稿し、人気を博した。

E・V・ルーカス（一八六八―一九三八）は、イングランド、イーストサセックス州の都市ブライトン生まれのイギリスのエッセイスト、ジャーナリスト、伝記作家、旅行作家である。ロンドン大学卒業後サセックス州の新聞社で記者として働いたが、その後『サンデー・タイムズ』や『パンチ』誌に寄稿し、『パンチ』誌では編集にも参与した。また出版社メシュエン書店の社長も務めた。伝記作家としては、『チャールズ・ラム伝』が今日でも標準的な伝記として評価が高い。

ロバート・リンド（一八七九―一九四九）は、北アイルランドの首都ベルファストで長老派の牧師を父として生まれたイギリスのエッセイスト、ジャーナリスト、文芸批評家である。ベルファストのクインズ・コレッジを卒業後、ジャーナリストを目指してマンチェスターに渡り、土地の新聞社で職を得た。その後ロンドンに出たが、定職を得られず、数年間雑文を書きながら苦労の歳月を送った。しかし一九〇八年に『デイリー・ニューズ』の編集長としてのガードナーに才能を認められて、同紙の文芸欄の副主筆に抜擢され、思う存分文才を発揮し始めた。同紙は後に別の新聞を併合して『ニューズ・クロニクル』となったが、彼は一九四七年まで同じ地位にあって活躍を続けた。彼の旺盛な筆力はこの一紙に留まらず、とりわけ進歩的な週刊誌『ネイション』にも寄稿し、更に、一九一三年にやはり進歩的な週刊誌『ニュー・スティツマン』が創刊されると、ここにも寄稿した。この両誌が一九三一年に合併し『ニュー・スティツマン・アンド・ネイション』が誕生すると、彼がY. Y.（ツー・ワイズ、too wise「余りに賢い」か）という筆名で毎週寄稿したエッセイが呼び物となった。二十世紀のラムと称された。

A・A・ミルン（一八八二―一九五六）は、ロンドン生まれのイギリスのジャーナリスト、エッセイスト、劇作家、小説家、童話作家である。ケンブリッジ大学の学生時代から同大学の文芸誌『グランタ』の編集をしていた。大学卒業後ロンドンに出て、ユーモラスな詩やエッセイを『パンチ』誌に投稿するなど、作家修業をしていたが、運よく一九〇六年に『パンチ』誌の編集次長のポストを得た。編集と旺盛な執筆の年月が続いたが、一九一四年の世界大戦の勃発により、彼も従軍することになった。一九一八年に終戦となり、『パンチ』誌は彼が復職するように望んだが、彼はそれを謝絶して、著作に専念することにした。彼の戯曲はジェームズ・バリー風の軽妙なコメディであった。息子のロビンのために書いた童話『クマのプーさん』は日本でもよく知られている。

本書はこの四人の多数のエッセイ群から、今日的な観点から見て面白く読める作品を各八、九点選んだ選集である。彼らは多少年齢も違うし、出身の背景も同じではないのだが、そのエッセイには、相違よりも共通するものが多い。そこで共通点その他を箇条書きにしてみよう。作品の魅力を指摘することにもなろう。

一、イギリスのエッセイストというと誰もが『エリア随筆』（一八二三年）の著者で、日本でも早くから紹介されたチャールズ・ラムの名を挙げる。しかし、今日では、彼以外は意外なほど知られていない。この四名にしても、ミルンは有名だが『クマのプーさん』の著者としてであろう。

二、二十世紀の初頭、第一次大戦前後の時期にこの四名を代表とするエッセイ文学が一斉に開花した。ガードナーがリンドを発見したということはあるが、それ以外は特に個人的な影響関係などはない。

三、全員ジャーナリスト、作家、批評家、文化人であり、新聞雑誌のコラムを担当し、いずれも数多くのエッセイ、コラムを執筆した。ある程度の分量になると単行本として出版した。多くの愛読者がいたが、この黄金時代は、二つの大戦の間続いた後、第二次大戦以降は急速に人気を失った。

四、日本の英文学界ではこの四人は本国同様に、あるいはそれを凌《しの》ぐほどの人気があった。研究社現代英文学叢書という原作に詳しい注釈や解説を付した有名な叢書に、T・S・エリオット、ジェイムズ・ジョイス、D・H・ロレンスなどと肩を並べて登場していた。*Essays by Robert Lynd*（四九〇頁）は大和資雄編で昭和十年に、*Essays by A.A.Milne*（三二三頁）は岩崎民平編で昭和九年に出ている。また第二次大戦後は、研究社、南雲堂、成美堂などから英語テキストとして数多く出版された。

五、これらは日本の旧制高校の英語テキストとしてよく読まれた。大学受験にも頻繁に出題された。旺文社の原仙作著『英文標準問題精講』には、この四人からの出題が非常に多い。私自身も『英語青年』の翻訳練習（一九八六―二〇〇八年）の課題文としてしばしば出題し、その度に年配の読者から懐かしいという感想が寄せられた。

六、第二次大戦後、新制大学の教養課程の英文講読のテキストとして、短篇はモーム、エッセイはこの四名が定番であった。内容が面白く、英文が適度に難しいというのが選ばれた理由であろう。

七、何故か、これまでしっかりした翻訳で紹介されたことがほとんどない。英語テキストとして数多く出たので、いくつもの教科書出版社から対訳という形では、かなりの点数が日本語になった。しかし、主に学生の虎の巻としてであり、大人の一般読者を対象とした翻訳ではなかった。

八、この四名のエッセイは、イギリス流のユーモア、皮肉を最大の特色としている。身近な話題、新聞をにぎわせている事件などを取り上げて読者の注意を引きつけ、それから徐々に、人間性の面白さや嫌らしさなどを論じてゆく。読者を啓蒙しようという意図はあるにしても、それは前面に出さない。題名に用いた *Not that It Matters*(『たいした問題じゃないが』)、及び *If I May*(『お許し頂ければ』)は、いずれもミルンのエッセイ集の題名だが、他の三人のエッセイ集の題名であっても少しも可笑《おか》しくない。この題名が、作者の姿勢をよく示している。読者に劣等感を与えないように、控え目に学識を示すとか、人間の弱さに温かい目を注ぐとか、自分をダメ人間のように見せるとかして、常に読者の目線に立つことを忘れない。複眼で物事を見て、偏った見方は極力避ける。深刻なこと、世界政治を語っても、大上段に構えず、斜に構えるのを好む。結果として、親しみの持てる、身近な、私的《パーソナル》なエッセイになっている。

九、わが国で類似のものを挙げれば、各新聞の一面下に連載されているコラムであろう。『朝日新聞』の「天声人語」、『読売新聞』の「編集手帳」、『毎日新聞』の「余録」、『東京新聞』の「筆洗」、『日本経済新聞』の「春秋」などである。いずれも本書の収めたものより短いけれど、内容は似ている。中でも、一九〇四年以来長らく連載されている「天声人語」は、はっきりした証拠があるわけではないが、当時イギリスの新聞をにぎわせていた、これらのエッセイから影響を受けたのではないかと想像される。初代の執筆者たちは、旧制高校で英語の時間に親しく接した可能性も高い。

十、日本におけるこの四人と同じタイプのエッセイストとして、英文学者としてだけでなく、一般人を対象とするエッセイストとしても令名の高かった福原麟太郎氏(一八九四—一九八一)が挙げられる。氏は、四人の系譜の祖であるチャールズ・ラムの研究家であり、氏の代表的なエッセイ集は『われ愚人を愛す』(一九五二年)と題されている。『たいした問題じゃないが』との類似は題名からだけでも明白であろう。

十一、四名の差異についても、少し触れておくと、ガードナーは他の三名より年長のせいか、やや読者を教え導こうというような気味が見られることがある。ルーカスは小説、劇、旅行記もいくつも書いていて、多才であり、興味の幅が誰よりも広い。リンドは抑制の効いたユーモア感覚、知性と感性との調和、分かり易い論の展開の点で抜群である。話題がアイルランドに関することになると、出自からして、同情的になるのだが、極力色眼鏡でものを見ないように努力している。ミルンはその陽気な性質と共に、『パンチ』誌への寄稿が多いこともあって、ややおどけた感じがすることもある。滑稽味を出すのは四人の中でもっとも巧みである。

本書の企画は文庫編集部の塩尻親雄氏と、昨年のある日『モーム短篇選』の打ち合わせをしながら雑談している時に、突然出た。「イギリスのリンドなどのエッセイは好きですか」と問われたのである。先に述べたように、私は担当していた『英語青年』の翻訳練習欄で何回も彼らのエッセイを取り上げていたように、愛着を持っていた。滋味深く、面白いので、翻訳して読者に紹介したいと思ったことさえあった。そこから話が発展して、本書に結実したのである。

最後に、私のリンドとの最初の出会いについて述べることを許されたい。個人的な思い出ではあるが、日本におけるリンド受容の一端に触れることにもなろう。昭和二十六年に大学入試を受けたとき、英語の下線部を訳す問題に、Excess, it seems to me, may justly be praised if we do not praise it to excess.（過度というのは、過度に褒めない限り、褒められてもよいものだと私には思える）で始まる文章が出題された。過度は、世の中の生温《なまぬる》さと敵対するものであり、安全な浅瀬だけにいて高波のある大海の危険を避けるのを美徳とする生き方に異議を唱えるものだ、というのであった。私は受験生の身であるのを忘れて、洒落た表現と共感を呼ぶバランスの取れた趣旨に強い感銘を受けた。入学後、この名文の著者はリンドというエッセイストだと知り、その名前は脳裏に刻み込まれた。それから半世紀以上経った今、彼を中心とする翻訳を出すことになったのは、何かの縁であろう。

訳者としては、読者から、百年前――正確には八十年～九十年前――のイギリスにこんな気の利いたエッセイ、コラムがあったのか！　今日でも充分通用する話ばかりじゃないか！　という驚きの声を期待できると思っている。なお副題に「エッセイ」でなく「コラム」を用いたのは、内容からも長さからも、今風の感覚ではコラムですね、という塩尻氏の発言による。

翻訳に際して、大和資雄、岩崎民平、上野景福、西田実、加藤憲市、吉松勉、三井清、上島建吉諸氏の注釈の御世話になったことに感謝する。

また、好きなエッセイを楽しく訳す切っ掛けを頂き、完成まで世話してくださった塩尻氏と、今回もいつものように訳文について多くの助言を与えてくれた妻恵美子に感謝する。

二月十日

行方昭夫

たいした問題《もんだい》じゃないが――イギリス・コラム傑作選

2009年4月16日　第1刷発行
2025年6月5日　第9刷発行

編訳者　行方昭夫《なめかたあきお》

発行者　坂本政謙

発行所　株式会社 岩波書店
〒101-8002 東京都千代田区一ツ橋2-5-5

案内 03-5210-4000　営業部 03-5210-4111
文庫編集部 03-5210-4051
https://www.iwanami.co.jp/

印刷 製本・法令印刷　カバー・精興社

ISBN 978-4-00-372011-0　Printed in Japan

読書子に寄す

——岩波文庫発刊に際して——

岩波茂雄

真理は万人によって求められることを自ら欲し、芸術は万人によって愛されることを自ら望む。かつては民を愚昧ならしめるために学芸が最も狭き堂宇に閉鎖されたことがあった。今や知識と美とを特権階級の独占より奪い返すことはつねに進取的なる民衆の切実なる要求である。岩波文庫はこの要求に応じそれに励まされて生まれた。それは生命ある不朽の書を少数者の書斎と研究室とより解放して街頭にくまなく立たしめ民衆に伍せしめるであろう。近時大量生産予約出版の流行を見る。その広告宣伝の狂態はしばらくおくも、後代にのこすと誇称する全集がその編集に万全の用意をなしたるか。千古の典籍の翻訳企図に敬虔の態度を欠かざりしか。さらに分売を許さず読者を繋縛して数十冊を強うるがごとき、はたしてその揚言する学芸解放のゆえんなりや。吾人は天下の名士の声に和してこれを推挙するに躊躇するものである。このときにあたって、岩波書店は自己の責務のいよいよ重大なるを思い、従来の方針の徹底を期するため、すでに十数年以前より志して来た計画を慎重審議この際断然実行することにした。吾人は範をかのレクラム文庫にとり、古今東西にわたって文芸・哲学・社会科学・自然科学等種類のいかんを問わず、いやしくも万人の必読すべき真に古典的価値ある書をきわめて簡易なる形式において逐次刊行し、あらゆる人間に須要なる生活向上の資料、生活批判の原理を提供せんと欲する。この文庫は予約出版の方法を排したるがゆえに、読者は自己の欲する時に自己の欲する書物を各個に自由に選択することができる。携帯に便にして価格の低きを最主とするがゆえに、外観を顧みざるも内容に至っては厳選最も力を尽くし、従来の岩波出版物の特色をますます発揮せしめようとする。この計画たるや世間の一時の投機的なるものと異なり、永遠の事業として吾人は微力を傾倒し、あらゆる犠牲を忍んで今後永久に継続発展せしめ、もって文庫の使命を遺憾なく果たさしめることを期する。芸術を愛し知識を求むる士の自ら進んでこの挙に参加し、希望と忠言とを寄せられることは吾人の熱望するところである。その性質上経済的には最も困難多きこの事業にあえて当たらんとする吾人の志を諒として、その達成のため世の読書子とのうるわしき共同を期待する。

昭和二年七月

《イギリス文学》〔赤〕

ユートピア　トマス・モア　平井正穂訳
完訳カンタベリー物語　全三冊　チョーサー　桝井迪夫訳
ヴェニスの商人　シェイクスピア　中野好夫訳
十二夜　シェイクスピア　小津次郎訳
ハムレット　シェイクスピア　野島秀勝訳
オセロウ　シェイクスピア　菅泰男訳
リア王　シェイクスピア　野島秀勝訳
マクベス　シェイクスピア　木下順二訳
ソネット集　シェイクスピア　高松雄一訳
ロミオとジューリエット　シェイクスピア　平井正穂訳
リチャード三世　シェイクスピア　木下順二訳
対訳シェイクスピア詩集―イギリス詩人選(1)　柴田稔彦編
から騒ぎ　シェイクスピア　喜志哲雄訳
冬物語　シェイクスピア　桒山智成訳
言論・出版の自由―アレオパジティカ　他一篇　ミルトン　原田純訳
失楽園　全二冊　ミルトン　平井正穂訳
ロビンソン・クルーソー　全二冊　デフォー　平井正穂訳
奴婢訓　他一篇　スウィフト　深町弘三訳
ガリヴァー旅行記　スウィフト　平井正穂訳
トリストラム・シャンディ　全三冊　ロレンス・スターン　朱牟田夏雄訳
ウェイクフィールドの牧師―むだばなし　ゴールドスミス　小野寺健訳
幸福の探求―アビシニアの王子ラセラスの物語　サミュエル・ジョンソン　朱牟田夏雄訳
対訳ブレイク詩集―イギリス詩人選(4)　松島正一編
対訳ワーズワス詩集―イギリス詩人選(3)　山内久明編
湖の麗人　スコット　入江直祐訳
キプリング短篇集　橋本槙矩編訳
対訳コウルリッジ詩集―イギリス詩人選(7)　上島建吉編
高慢と偏見　全二冊　ジェーン・オースティン　富田彬訳
ジェイン・オースティンの手紙　新井潤美編訳
マンスフィールド・パーク　全二冊　ジェイン・オースティン　新井潤美・宮丸裕二訳
シェイクスピア物語　全二冊　チャールズ・ラム　メアリー・ラム　安藤貞雄訳
エリア随筆抄　チャールズ・ラム　南條竹則編訳
デイヴィッド・コパフィールド　全五冊　ディケンズ　石塚裕子訳
炉辺のこほろぎ　ディケンズ　本多顕彰訳
ボズのスケッチ短篇小説篇　全二冊　ディケンズ　藤岡啓介訳
アメリカ紀行　全二冊　ディケンズ　伊藤弘之・下笠徳次・隈元貞広訳
イタリアのおもかげ　ディケンズ　伊藤弘之・下笠徳次・隈元貞広訳
大いなる遺産　全二冊　ディケンズ　石塚裕子訳
荒涼館　全四冊　ディケンズ　佐々木徹訳
鎖を解かれたプロメテウス　シェリー　石川重俊訳
アイルランド歴史と風土　オフェイロン　橋本槙矩訳
ジェイン・エア　全二冊　シャーロット・ブロンテ　河島弘美訳
嵐が丘　全二冊　エミリー・ブロンテ　河島弘美訳
サイラス・マーナー　ジョージ・エリオット　土井治訳
アルプス登攀記　全二冊　ウィンパー　浦松佐美太郎訳
アンデス登攀記　全二冊　ウィンパー　大貫良夫訳
ジーキル博士とハイド氏　スティーヴンスン　海保眞夫訳
南海千一夜物語　スティーヴンスン　中村徳三郎訳
若い人々のために　他十一篇　スティーヴンスン　岩田良吉訳
怪談―不思議なことの物語と研究　ラフカディオ・ハーン　平井呈一訳

ドリアン・グレイの肖像　オスカー・ワイルド　富士川義之訳
サロメ　ワイルド　福田恆存訳
嘘から出た誠　ワイルド　岸本一郎訳
童話集 幸福な王子 他八篇　オスカー・ワイルド　富士川義之訳
分らぬもんですよ　バァナード・ショウ　市川又彦訳
ヘンリ・ライクロフトの私記　ギッシング　平井正穂訳
南イタリア周遊記　ギッシング　小池滋訳
闇の奥　コンラッド　中野好夫訳
密偵　コンラッド　土岐恒二訳
対訳 イエイツ詩集　高松雄一編
月と六ペンス　モーム　行方昭夫訳
読書案内 —世界文学　W・S・モーム　西川正身訳
人間の絆 全三冊　モーム　行方昭夫訳
サミング・アップ　モーム　行方昭夫訳
モーム短篇選 全二冊　行方昭夫編訳
アシェンデン —英国情報部員のファイル　モーム　中島賢二・岡田久雄訳
お菓子とビール　モーム　行方昭夫訳

ダブリンの市民　ジョイス　結城英雄訳
荒地　T・S・エリオット　岩崎宗治訳
オーウェル評論集　小野寺健編訳
パリ・ロンドン放浪記　ジョージ・オーウェル　小野寺健訳
カタロニア讃歌　ジョージ・オーウェル　都築忠七訳
動物農場 —おとぎばなし　ジョージ・オーウェル　川端康雄訳
対訳 キーツ詩集 —イギリス詩人選(10)　宮崎雄行編
キーツ詩集　中村健二訳
オルノーコ 美しい浮気女　アフラ・ベイン　土井治訳
解放された世界　H・G・ウェルズ　浜野輝訳
大転落　イヴリン・ウォー　富山太佳夫訳
回想のブライズヘッド 全二冊　イーヴリン・ウォー　小野寺健訳
愛されたもの　イーヴリン・ウォー　中村健二・出淵博訳
対訳 ジョン・ダン詩集 —イギリス詩人選(2)　湯浅信之編
フォースター評論集　小野寺健編訳
白衣の女 全三冊　ウィルキー・コリンズ　中島賢二訳
アイルランド短篇選　橋本槙矩編訳

灯台へ　ヴァージニア・ウルフ　御輿哲也訳
狐になった奥様　ガーネット　安藤貞雄訳
フランク・オコナー短篇集　阿部公彦訳
たいした問題じゃないが —イギリス・コラム傑作選　行方昭夫編訳
真昼の暗黒　アーサー・ケストラー　中島賢二訳
文学とは何か —現代批評理論への招待 全二冊　テリー・イーグルトン　大橋洋一訳
D・G・ロセッティ作品集　南條竹則・松村伸一編訳
真夜中の子供たち 全二冊　サルマン・ラシュディ　寺門泰彦訳
英国古典推理小説集　佐々木徹編訳

《アメリカ文学》〔赤〕

《ドイツ文学》〔赤〕

ニーベルンゲンの歌 全二冊　相良守峯訳
若きウェルテルの悩み　ゲーテ　竹山道雄訳
ヴィルヘルム・マイスターの修業時代 全三冊　ゲーテ　山崎章甫訳
イタリア紀行 全三冊　ゲーテ　相良守峯訳
ファウスト 全二冊　ゲーテ　相良守峯訳
ゲーテとの対話 全三冊　エッカーマン　山下肇訳
スペインの太子 ドン・カルロス　シルレル　佐藤通次訳
ヒュペーリオン ―希臘の世捨人　ヘルデルリーン　渡辺格司訳
青い花　ノヴァーリス　青山隆夫訳
夜の讃歌・サイスの弟子たち 他一篇　ノヴァーリス　今泉文子訳
完訳 グリム童話集 全五冊　金田鬼一訳
黄金の壺　ホフマン　神品芳夫訳
ホフマン短篇集　池内紀編訳
ミヒャエル・コールハース チリの地震 他一篇　クライスト　山口裕之訳
影をなくした男　シャミッソー　池内紀訳
流刑の神々・精霊物語　ハイネ　小沢俊夫訳

ブリギッタ・森の泉 他一篇　シュティフター　宇多五郎・高安国世訳
みずうみ 他四篇　シュトルム　関泰祐訳
沈鐘　ハウプトマン　阿部六郎訳
地霊・パンドラの箱 ルル二部作　F・ヴェデキント　岩淵達治訳
春のめざめ　F・ヴェデキント　酒寄進一訳
花・死人に口なし 他七篇　シュニッツラー　番匠谷英一・山本有三訳
ゲオルゲ詩集　手塚富雄訳
リルケ詩集　高安国世訳
ドゥイノの悲歌　リルケ　手塚富雄訳
ブッデンブローク家の人びと 全三冊　トーマス・マン　望月市恵訳
魔の山 全二冊　トーマス・マン　関泰祐・望月市恵訳
トニオ・クレエゲル　トオマス・マン　実吉捷郎訳
ヴェニスに死す　トオマス・マン　実吉捷郎訳
講演集 ドイツとドイツ人 他五篇　トーマス・マン　青木順三訳
講演集 リヒァルト・ヴァーグナーの苦悩と偉大 他一篇　トーマス・マン　青木順三訳
車輪の下　ヘルマン・ヘッセ　実吉捷郎訳
デミアン　ヘルマン・ヘッセ　実吉捷郎訳

シッダルタ　ヘッセ　手塚富雄訳
幼年時代　カロッサ　斎藤栄治訳
ジョゼフ・フーシェ ―ある政治的人間の肖像　シュテファン・ツワイク　高橋禎二・秋山英夫訳
変身・断食芸人　カフカ　山下肇・山下萬里訳
審判　カフカ　辻瑆訳
カフカ短篇集　池内紀編訳
カフカ寓話集　池内紀編訳
ドイツ炉辺ばなし集 ―カレンダーゲシヒテン　ヘーベル　木下康光編訳
ウィーン世紀末文学選　池内紀編訳
ティル・オイレンシュピーゲルの愉快ないたずら　阿部謹也訳
チャンドス卿の手紙 他十篇　ホフマンスタール　檜山哲彦訳
ホフマンスタール詩集　川村二郎訳
インド紀行 全二冊　ボンゼルス　実吉捷郎訳
ドイツ名詩選　生野幸吉・檜山哲彦編
聖なる酔っぱらいの伝説 他四篇　ヨーゼフ・ロート　池内紀訳
ラデツキー行進曲 全二冊　ヨーゼフ・ロート　平田達治訳
ボードレール 他五篇 ―ベンヤミンの仕事2　ベンヤミン　野村修編訳

パサージュ論 全五冊　ヴァルター・ベンヤミン　今村仁司・三島憲一・大貫敦子・高橋順一・塚原史・細見和之・村岡晋一・山本尤・横張誠・與謝野文子・吉村和明訳
ジャクリーヌと日本人　ヤーコプ　相良守峯訳
ヴォイツェク ダントンの死 レンツ　ビューヒナー　岩淵達治訳
人生処方詩集　エーリヒ・ケストナー　小松太郎訳
終戦日記一九四五　エーリヒ・ケストナー　酒寄進一訳
独裁者の学校　エーリヒ・ケストナー　酒寄進一訳
第七の十字架 全二冊　アンナ・ゼーガース　山下肇・新村浩訳

《フランス文学》〔赤〕

ラブレー第一之書 ガルガンチュワ物語　渡辺一夫訳
ラブレー第二之書 パンタグリュエル物語　渡辺一夫訳
ラブレー第三之書 パンタグリュエル物語　渡辺一夫訳
ラブレー第四之書 パンタグリュエル物語　渡辺一夫訳
ラブレー第五之書 パンタグリュエル物語　渡辺一夫訳
エセー 全六冊　モンテーニュ　原二郎訳
ラ・ロシュフコー箴言集　二宮フサ訳
ブリタニキュス ベレニス　ラシーヌ　渡辺守章訳
いやいやながら医者にされ　モリエール　鈴木力衛訳
守銭奴　モリエール　鈴木力衛訳
完訳 ペロー童話集　新倉朗子訳
ラ・フォンテーヌ 寓話 全二冊　ラ・フォンテーヌ　今野一雄訳
カンディード 他五篇　ヴォルテール　植田祐次訳
哲学書簡　ヴォルテール　林達夫訳
ルイ十四世の世紀 全四冊　ヴォルテール　丸山熊雄訳
美味礼讃 全二冊　ブリア-サヴァラン　関根秀雄・戸部松実訳

近代人の自由と古代人の自由・征服の精神と簒奪 他一篇　コンスタン　堤林剣・堤林恵訳
恋愛論 全二冊　スタンダール　杉本圭子訳
赤と黒 全二冊　スタンダール　桑原武夫・生島遼一訳
艶笑滑稽譚 全三冊　バルザック　石井晴一訳
レ・ミゼラブル 全四冊　ユーゴー　豊島与志雄訳
ライン河幻想紀行　ユーゴー　榊原晃三編訳
ノートル=ダム・ド・パリ 全二冊　ユーゴー　辻昶・松下和則訳
モンテ・クリスト伯 全七冊　アレクサンドル・デュマ　山内義雄訳
三銃士 全二冊　デュマ　生島遼一訳
カルメン　メリメ　杉捷夫訳
愛の妖精（プチット・ファデット）　ジョルジュ・サンド　宮崎嶺雄訳
ボオドレール 悪の華　鈴木信太郎訳
ボヴァリー夫人 全二冊　フローベール　伊吹武彦訳
感情教育 全二冊　フローベール　生島遼一訳
紋切型辞典　フローベール　小倉孝誠訳
サラムボー 全二冊　フローベール　中條屋進訳
未来のイヴ 全二冊　ヴィリエ・ド・リラダン　渡辺一夫訳

風車小屋だより　ドーデー　桜田佐訳
パリ風俗 サフォ　ドーデー　朝倉季雄訳
プチ・ショーズ—ある少年の物語　ドーデー　原千代海訳
テレーズ・ラカン 全二冊　エミール・ゾラ　小林正訳
ジェルミナール 全三冊　エミール・ゾラ　安士正夫訳
獣人 全二冊　エミール・ゾラ　川口篤訳
氷島の漁夫　ピエール・ロチ　吉氷清訳
マラルメ詩集　渡辺守章訳
脂肪のかたまり　モーパッサン　高山鉄男訳
メゾンテリエ 他三篇　モーパッサン　河盛好蔵訳
モーパッサン短篇選　高山鉄男編訳
わたしたちの心　モーパッサン　笠間直穂子訳
地獄の季節　ランボオ　小林秀雄訳
対訳 ランボー詩集—フランス詩人選(1)　中地義和編
にんじん　ルナアル　岸田国士訳
ジャン・クリストフ 全四冊　ロマン・ローラン　豊島与志雄訳
ベートーヴェンの生涯　ロマン・ロラン　片山敏彦訳

ミレー　ロマン・ロラン　蛯原徳夫訳
狭き門　アンドレ・ジイド　川口篤訳
法王庁の抜け穴　アンドレ・ジイド　石川淳訳
モンテーニュ論　アンドレ・ジイド　渡辺一夫訳
ヴァレリー詩集　ポール・ヴァレリー　鈴木信太郎訳
ムッシュー・テスト　ポール・ヴァレリー　清水徹訳
エウパリノス 魂と舞 踏 樹についての対話　ポール・ヴァレリー　清水徹訳
精神の危機 他十五篇　ポール・ヴァレリー　恒川邦夫訳
ドガ ダンス デッサン　ポール・ヴァレリー　塚本昌則訳
シラノ・ド・ベルジュラック　ロスタン　辰野隆　鈴木信太郎訳
海の沈黙・星への歩み　ヴェルコール　河野與一　加藤周一訳
地底旅行　ジュール・ヴェルヌ　朝比奈弘治訳
八十日間世界一周　ジュール・ヴェルヌ　鈴木啓二訳
海底二万里 全二冊　ジュール・ヴェルヌ　朝比奈美知子訳
火の娘たち　ネルヴァル　野崎歓訳
パリの夜—革命下の民衆　レチフ・ド・ラ・ブルトンヌ　植田祐次編訳
シェリ　コレット　工藤庸子訳

シェリの最後　コレット　工藤庸子訳
生きている過去　レニエ　窪田般彌訳
シュルレアリスム宣言・溶ける魚　アンドレ・ブルトン　巖谷國士訳
ナジャ　アンドレ・ブルトン　巖谷國士訳
ジュスチーヌまたは美徳の不幸　サド　植田祐次訳
とどめの一撃　ユルスナール　岩崎力訳
フランス名詩選　安藤元雄　入沢康夫　渋沢孝輔編
繻子の靴 全二冊　ポール・クローデル　渡辺守章訳
A・O・バルナブース全集 全二冊　ヴァレリー・ラルボー　岩崎力訳
心変わり　ミシェル・ビュトール　清水徹訳
悪魔祓い　ル・クレジオ　高山鉄男訳
失われた時を求めて 全十四冊　プルースト　吉川一義訳
子ども 全二冊　ジュール・ヴァレス　朝比奈弘治訳
星の王子さま　サン＝テグジュペリ　内藤濯訳
プレヴェール詩集　小笠原豊樹訳
ペスト　カミュ　三野博司訳
サラゴサ手稿 全三冊　ヤン・ポトツキ　畑浩一郎訳